Anton Pelinka

ZUR ÖSTERREICHISCHEN IDENTITÄT

Zwischen deutscher Vereinigung und Mitteleuropa

Ueberreuter

CIP-Titelaufnahme der Deutschen Bibliothek

Pelinka, Anton:
Zur österreichischen Identität: zwischen deutscher Vereinigung und Mitteleuropa/Anton Pelinka. – Wien: Ueberreuter, 1990
ISBN 3-8000-3360-7

Zur Erinnerung an Friedrich Heer

AU 111

Umschlag von Beate Dorfinger

Druck und Bindung: Carl Ueberreuter Ges. m. b. H., Korneuburg
Printed in Austria

Inhaltsverzeichnis

Vorwort

Dieses Buch ist provoziert. Die – anscheinend – weitgehend erledigte Frage nach der österreichischen Identität ist durch die Entwicklungen rund um die deutsche Einigung, aber auch durch die revolutionären Entwicklungen im östlichen Mitteleuropa neu gestellt. Österreich ist herausgefordert, die Menschen in Österreich sind herausgefordert, über die österreichische Identität nachzudenken. Dieses Buch ist ein Beitrag dazu.

Das Buch versteht sich als sozialwissenschaftliche Analyse – freilich mit dem Anspruch, über die Grenzen einer wissenschaftlichen Debatte im engeren Sinn hinaus gehört zu werden. Es schließt, in diesem Sinn, an das von mir 1985 veröffentlichte Buch »Windstille. Klagen über Österreich« an.

Zu danken habe ich wiederum Ellen Palli, die für die perfekte Erstellung des Textes gesorgt hat. Birgit Haller war bei der Zusammenstellung der Tabellen behilflich. Meine Frau Almud Pelinka hat das Manuskript kritisch kommentiert. Zu danken ist auch Frau Fanny Esterházy vom Verlag Ueberreuter, die nicht lockergelassen hat, bis das Manuskript fertiggestellt war.

Innsbruck, im August 1990 — Anton Pelinka

1. Österreich ist anders – ist Österreich anders?

> »Es gibt kein geschichtliches Gebilde in Europa, dessen Existenz so sehr mit den Identitätsproblemen seiner Mitglieder verbunden ist wie Österreich.« *(Heer, 9)*

Mit dieser Feststellung beginnt Friedrich Heer seine Suche nach der österreichischen Identität. Vieles ist, etwa ein Jahrzehnt nach dieser Formulierung, unverändert:

- Die Identitätsprobleme Österreichs sind die seiner »Mitglieder«, also der Frauen und Männer, die sich mit Österreich in irgendeiner Form verbunden fühlen. Die Probleme der österreichischen Identität sind subjektiver Art – wenn auch objektive Rahmenbedingungen die subjektive Befindlichkeit beeinflussen. Zu diesen objektiven Rahmenbedingungen zählen: Größe, wirtschaftliche Erfolge, politische Stabilität, Qualität der Demokratie. Und, natürlich, die politische und wirtschaftliche Entwicklung des Umfeldes – also vor allem Europas. Dennoch ist letztlich die subjektive Seite ausschlaggebend. Es kommt darauf an, wie die Österreicherinnen und Österreicher auf diese sich ständig verändernden objektiven Rahmenbedingungen reagieren. Die österreichische Identität wird von den Menschen in Österreich bestimmt und entschieden.
- Österreichs Identitätsprobleme sind, im europäischen Vergleich, von einer besonderen Art. Fragen nach der Identität Frankreichs oder nach der Identität Schwedens, aber auch nach der Identität Polens können keine Antwort provozieren, die an die nationalstaatliche Substanz dieser Länder und dieser Menschen rührt. Fragen nach der Identität Österreichs haben jedenfalls in der Vergangenheit immer wieder – neben anderen Antworten auch – solche hervorgerufen, die die Substanz der österreichischen Existenz betreffen.

Im letzten Jahrzehnt dieses Jahrhunderts haben sich in Europa Entwicklungen abgezeichnet, die die österreichische Besonderheit vielleicht doch in einem stärker relativierten Licht erscheinen las-

sen. Die Entwicklungen in den Ländern, die Jahrzehnte hindurch unter der Diktatur kommunistischer Einparteiensysteme gestanden sind, haben Identitätsprobleme an die Oberfläche gebracht, die eine große Intensität besitzen. Was ist etwa die Qualität der Identität Jugoslawiens? Wie beeinflußt die nun wiederum politisch relevante Existenz einer türkischen Minderheit die Identität Bulgariens, wie wirken sich die politischen Ansprüche der ungarischen und der deutschen Volksgruppen auf die Identität Rumäniens aus? Wie berühren die slowakisch-nationalen Tendenzen die Identität der ČSFR? Was bedeutet es, Pole in Litauen zu sein oder der russischen Volksgruppe in Lettland anzugehören?
Jahrzehnte hindurch wurde die ethnische Konfliktlinie in den stabilen Demokratien des Westens unterschätzt. Spannungen zwischen Volks- und Sprachgruppen galten als Relikte, die auf dem Weg zur nationalstaatlichen Demokratie mehr oder minder verschwinden würden. Und diese Einschätzung wurde durch objektivierbare gesellschaftliche Entwicklungen gestützt: In Wales ging der Anteil der »Welsh« Sprechenden zwischen 1899 und 1971 von 54,0 auf 20,8 Prozent zurück; in Finnland war der Anteil der schwedischen Minderheit von 1880 auf 1980 ständig rückläufig – von 14,3 Prozent auf 6,2 Prozent *(Lane, Ersson, 70–72)*.
Österreich war hier übrigens keine Ausnahme – die als nichtdeutsche Sprachgruppen erkenn- und definierbaren Österreicher waren ebenfalls vom Gesetz der Assimiliation, des ständigen Anpassungsdruckes erfaßt: Die Slowenen in Kärnten wurden in der Zweiten Republik mehr als halbiert, die Kroaten im Burgenland verloren ebenfalls fast die Hälfte ihres Anteils an der Bevölkerung *(Lane, Ersson, 72)*.
Doch der Trend kehrte sich um: Der Wiederbeginn der spanischen Demokratie war auch der Wiederbeginn der Auseinandersetzungen um die spanische nationale Identität – Katalanen, Basken und Galicier wurden, in ihren Autonomiebestrebungen, durch die Demokratie gestärkt. In Frankreich, Modell nationalstaatlicher und zentralistischer Einheitlichkeit, regten sich die um kulturelle und politische Autonomie kämpfenden Bretonen und Korsen wie auch

die Elsässer. Und trotz des anglophonen Anpassungsdruckes kam es in Großbritannien zur Renaissance walisischen und schottischen Selbstbewußtseins.

Freilich, die Frage nach der österreichischen Identität ist nicht primär die Frage nach der Identität der Slowenen und Kroaten in Österreich – deren Stellung ist ein wichtiger Indikator für das, was ganz Österreich betrifft. Aber die österreichische Identität ist nicht, wie etwa die Italiens, im Spannungsfeld zwischen zentralistisch-nationalstaatlichem und föderalistisch-regionalem Denken konzentriert. Die Frage nach der österreichischen Identität ist die Frage nach der Substanz österreichischer Selbstverständlichkeit überhaupt.

Mit dieser Gewichtigkeit ist diese Frage nur noch mit der Problematik der Identität Belgiens oder der Jugoslawiens vergleichbar. Belgien könnte, folgt man der Logik der radikalen ethnischen Argumentation bestimmter flämischer oder bestimmter wallonischer Gruppen, letztendlich zerfallen – ebenso könnte sich Jugoslawien ganz einfach auflösen.

Aber während die (radikale) Antithese zur Existenz Belgiens und zu einer spezifisch belgischen Identität die Teilung dieses Landes zwischen den Niederlanden und Frankreich wäre; und während die Antithese zu einer spezifisch jugoslawischen Identität das Entstehen verschiedener neuer Nationalstaaten wäre, so war und ist die Antithese zu einer besonderen österreichischen Identität das Aufgehen Österreichs in dem großen Nachbarn.

Deshalb ist die österreichische Identität ein besonderes europäisches Problem: Denn diese Identität läßt, genaugenommen, keine Alternative zu – entweder gibt es eine spezifische, nationale österreichische Qualität; oder Österreich ist deutsche Peripherie. Die Frage nach der österreichischen Identität ist somit die Frage, ob Österreich als eine besondere politische, kulturelle, wirtschaftliche Entität existiert – oder eben nicht.

A. FRAGEN

2. Viermal, fünfmal Österreich?

Kurt Schuschnigg schrieb sein Buch »Dreimal Österreich« im Sommer 1937. Es war der Versuch einer Bestimmung österreichischer Identität – zu einer Zeit, als die Weichen schon längst gestellt waren, in Richtung »Anschluß«.
Schuschniggs Österreich, Schuschniggs österreichische Identität präsentierte sich in einem dialektischen Dreischritt. Das erste Österreich, Schuschniggs erste Identität, war »das alte Österreich«. Es war das Österreich der Habsburger, des historischen Reichsgedankens. Schuschnigg sah ganz klar – freilich mit einem auffallenden Defizit an Kritikbereitschaft – die Probleme der Identität dieses ersten Österreich. Dessen Aufgabe war:

> »Einigung der verschiedenen und eigenartigen nationalen Kräfte zum gemeinsamen Vorteil im Interesse gemeinsamer friedlicher Entfaltung und Entwicklung auf den gemeinsamen Nenner deutscher, verbindender Kultur und Führung, das war in der alten Form und im alten Umfang Österreichs neue deutsche Bedeutung.« *(Schuschnigg, 18)*

Das alte Österreich, in dem die Menschen deutscher Muttersprache nur eine Minderheit bildeten, hatte also einen »deutschen« gemeinsamen Nenner, eine »deutsche« Führung – und seine Identität wurde vor allem aus seiner »deutschen Bedeutung« heraus entwickelt. Nur logisch, daß Schuschnigg dann das Bündnis mit dem Deutschen Reich, das den Untergang Habsburg-Österreichs besiegeln sollte, für einen »zwangsläufigen, historischen Weg« hielt *(Schuschnigg, 18 f.)*.
Österreich war einerseits Antithese zum Nationalstaat – andererseits unterschob Schuschnigg diesem alten Reich nationale Kategorien, die letztendlich identisch mit denen des österreichischen Deutschnationalismus waren.
Das »zweite Österreich« war das der Republik. Nach Schuschnigg

wurde dessen Identität vor allem von den radikalen, revolutionären Sozialdemokraten bestimmt:

> »Es steht außer jedem Zweifel, daß neben der Katastrophenstimmung des Augenblicks sozialistischer Einfluß der jungen Republik Pate stand, und weiters, daß der laut vorgetragene Anschlußgedanke zunächst sozialistischen Ursprungs ist, wobei allerdings nicht nationale Beweggründe, sondern das Verlangen und Bildung eines großen, deutschen, republikanisch-sozialistischen Blocks in diesen Kreisen den Ausschlag gab.« *(Schuschnigg, 59)*

Schuschnigg nahm also den Anschlußgedanken gegen sozialistische Begehrlichkeit in Schutz – der Anschluß an Deutschland war zu erhaben, um mit sozialistischen Vorstellungen deckungsgleich sein zu können.
Überhaupt, Republik: Dieses »zweite Österreich« war in Schuschniggs Augen vor allem von dem bestimmt, was er den »Abstieg des Parlamentarismus« und den (von Schuschnigg positiv interpretierten) »Kampf um Überwindung des formaldemokratischen Denkens« nannte. Oder, anders ausgedrückt: Das »zweite Österreich« erlangte, in den Augen Schuschniggs, keine stabile Identität, weil es parlamentarisch und »formaldemokratisch« war.
Und so kam es zur dritten Identität, zum »dritten Österreich« – zu jenem Österreich, für das die Diktatoren Dollfuß und eben Schuschnigg selbst standen. Und die Identität dieses kurzlebigen, zur Zeit von Schuschniggs Identitätssuche bereits international zum Abschuß freigegebenen Österreichs wurde vom zaudernden Diktator so beschrieben:

> »Darin, daß man Samstag statt Sonnabend, Unsinn statt tolle Sache und zumeist Grüß Gott statt Sieg-Heil sagt, liegt gewiß nicht die Besonderheit des österreichischen Wesens ... Vielmehr in der Gabe, nach Möglichkeit Kanten zu vermeiden, Gegensätze zu mildern, deutsche Geistigkeit und Kultur der Welt in einer Art zu vermitteln, daß sie nicht nur respektvolle

und sachliche Bewunderung, sondern auch Liebe und persönliches Verständnis finden ...« *(Schuschnigg, 331)*

Österreich als das bessere Deutschland; Österreich als ein Mittel, »deutsche Geistigkeit und Kultur« wirksamer zu vermitteln; Österreich als Antithese – nicht zu Deutschland, sondern zu einer bestimmten Form des Deutschtums; Österreich also als Reduit, als Rückzugsgebiet des wahren und echten Deutschtums.
Was Wunder, daß diese Widersprüchlichkeit nicht ausreichte, dem nationalsozialistischen Ansturm standzuhalten. Das bessere Deutschland, Österreich, kapitulierte – vor dem Ansturm von außen, ausgedrückt in der Erpressung vom 11. März 1938; aber auch vor dem Ansturm von innen, wie er sich in der Unterwanderung gerade jener Kräfte äußerte, auf die sich Schuschnigg in seiner gespaltenen Identität noch zu stützen wähnte – etwa des österreichischen Heeres, in dem der Nationalsozialistische Soldatenring erhebliche Teile des jüngeren Offizierskorps beherrschte.
Diese drei Formen österreichischer Identität repräsentierten ein Österreich, das auf halbem Weg steckengeblieben war – zwischen der Rolle eines zweiten Bayern und der Rolle einer zweiten Schweiz. Österreich wollte ein Sowohl-Als-auch; Österreich wollte österreichisch und deutsch sein. Und es landete schließlich im Lager des Adolf Hitler.
Alexander Freud, der um zehn Jahre jüngere Bruder Sigmund Freuds, drückte diesen lähmenden Zwiespalt in einem am 5. April 1938 verfaßten Brief an den Reichsbahndirektor Spiess so aus:

»Ich bin im April 1866, also vor 72 Jahren, in Wien geboren und war, weiß Gott, kein schlechter Österreicher ... das wesentliche Moment ist, mein Unternehmen, das ich in 50jähriger ehrenvoller Arbeit auf dem Boden meiner Heimat geschaffen habe, für Deutschlands Wirtschaft und Deutschlands Stellung im Verkehr zu erhalten.« *(Freud)*

Da war jemand, der sich zwischen »Anschluß« und Beginn des deutschen Angriffskrieges als »kein schlechter Österreicher« bezeichnete – und der sein Unternehmen »für Deutschlands Wirtschaft und Deutschlands Stellung« erhalten sehen wollte. Das Österreich, dem er sich zurechnete, gab es nicht mehr oder noch nicht; und das Deutschland, dem er sich nur zu gerne zugerechnet hätte, wollte ihn nicht. Denn er war ja Jude.

Daß Alexander Freud den Zwiespalt des ersten, des zweiten und auch des dritten Österreich repräsentierte, half ihm natürlich nicht. Er mußte fliehen – um dann im Exil zu sterben. Hätte er den deutschen Angriffskrieg überlebt, er wäre wohl dennoch nicht im neuen Österreich willkommen gewesen. Denn das neue Österreich verstand sich zwar als Antithese zum »Anschluß«; die Juden, die wollte man aber trotzdem nicht mehr zurückhaben *(Knight).*

Und dieses Österreich, das sich nun von Deutschland abheben wollte, verkörperte den Versuch einer vierten Identität. Ein Teil dieser Identität war, daß das Böse, das, auch getragen von Österreichern, sieben Jahre hier geherrscht hatte, den Deutschen zugeschrieben wurde. Österreichischer Patriotismus, nun in deutlicher Abgrenzung von Verflechtungen mit Deutschland – das wurde 1945 und danach großgeschrieben. Die Idee von der österreichischen Nation, vor 1938 von einem konservativen Katholiken – Ernst Karl Winter – und dann von einem Kommunisten – Alfred Klahr – entwickelt *(Kreissler, Reiterer),* wurde nun zur offiziellen Doktrin – freilich nur um dann bald, als die ehemaligen Nationalsozialisten wieder wählen durften, relativiert zu werden. Dieses vierte Österreich war, je nach Zielgruppe, bald österreichischnational, bald nichtnational, bald (zunächst eher versteckt und am Rande) deutschnational.

Dieses vierte Österreich war jedoch nur teilweise, nur oberflächlich vom Österreich-Patriotismus geprägt. Hinter einer nun deutlich nichtdeutsch geprägten nationalen Identität stand eine intakte Lagermentalität. Patriotismus, das war für Sozialisten zunächst einmal Loyalität gegenüber dem sozialistischen Lager; für Katholiken bedeutete es Bindung an das christlich-konservative Lager; und für die um 1947 und 1948 wieder politisch aktiven Deutschnationalen hieß es Anhänglichkeit eben an das »dritte Lager«.

Tabelle 1: Bekenntnis zur österreichischen Nation in historischer Entwicklung

Nationalbewußtsein der Österreicher 1956–1990

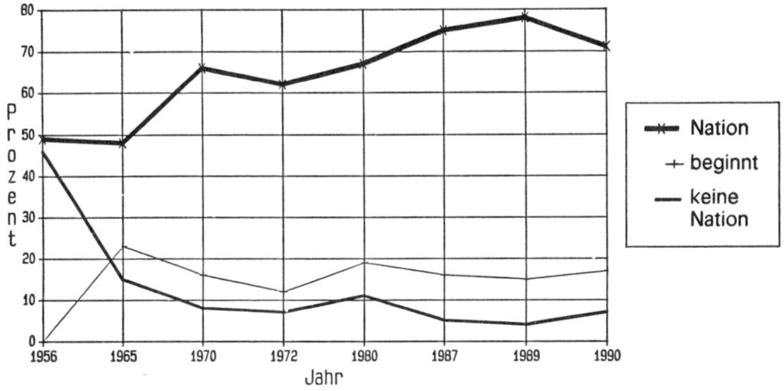

(Quelle: Erhebung des Institutes für Konfliktforschung bzw. Nutzung aller Untersuchungen – Sample-Größe verschieden)

Das vierte Österreich bedeutete also zunächst eine stabilisierende Renaissance alter Bindungen. Das allerdings war eigentlich nicht neu – schon in der ausgehenden Monarchie boten die an den Konfliktlinien Klasse, Religion und Ethnizität sich aufrichtenden Lager den Österreicherinnen und Österreichern Identifikationsmöglichkeiten, die anderswo dem Nationalstaat, der Nation galten.
Dieses vierte Österreich wurde vor allem von den beiden großen Lagern dominiert – verbunden durch den neuen Österreich-Patriotismus legten SPÖ und ÖVP, legten sozialistisches und christlich-konservatives Lager dennoch Wert auf klare Unterscheidung. Die alten, trennenden Symbole blieben – die politische Heerschau des 1. Mai wurde balanciert durch das durchaus auch politische Gesichtsbad bei der Fronleichnamsprozession. Die Fackelzüge und Massenaufmärsche der Blauhemden der Sozialistischen Jugend fanden eine Entsprechung durch die durchaus ähnlichen Massenveranstaltungen der weißbehemdeten Katholischen Jugend.

Das galt vor allem für die späten vierziger und fünfziger Jahre, nur noch teilweise für die sechziger Jahre. Dann begann die Erosion der Lagermentalität. Die strikte Balance des Proporzes wurde gebrochen – durch Verschiebungen an der Wählerfront, durch Alleinregierungen, durch andere Formen politischer Beweglichkeit. Katholisch war nicht mehr automatisch mit ÖVP gleichzusetzen, und in beiden Großparteien sammelten sich Menschen, die nach Herkunft und Bewußtsein wenig mit der alten Lagermentalität zu tun hatten. Beide hatten ihre »ehemaligen« Nazis, beide hatten – unabhängig davon – ihre Paradekünstler und Paradeintellektuellen.
Das Ende des vierten Österreich und seiner gespaltenen Identität kam allmählich. Der Patriotismus der politisch-weltanschaulichen Lager brach nicht zusammen – er schmolz dahin. Und der verklammernde Österreich-Patriotismus blieb zwar bestehen – auch die Erfolge der FPÖ seit 1986 wurden und werden nicht von einem spürbaren Abfall des Bekenntnisses zur österreichischen Nation begleitet. Aber: Was besagte das alles noch?
Spätestens mit der Affäre um Kurt Waldheim verlor der Österreich-Patriotismus seine verbindende Überzeugungskraft; spätestens 1986 war er, nach außen, seiner progressiven Funktion beraubt. »Wir Österreicher wählen, wen wir wollen« – dieser Slogan der Waldheim-Werbung sollte trotzigen Stolz für Waldheim mobilisieren; für einen Kandidaten, dem eben ein ungeordnetes Verhältnis zur nationalsozialistischen Vergangenheit nachgesagt wurde. Für einen Kandidaten, der sich zur »Pflichterfüllung« in der Deutschen Wehrmacht bekannte. Verschlampung der Vergangenheit und österreichischer Patriotismus in Kombination – das bewirkte, wohl endgültig, daß ein österreichischer Patriotismus nicht mehr von vornherein und uneingeschränkt als zukunftsweisende Identität des Landes verstanden werden kann.
Wenn der Österreich-Patriotismus der Jahre nach 1945 sinnentleert erscheint – dann heißt dies eigentlich, daß die Frage nach der Identität Österreichs neu gestellt ist; daß die Konturen eines fünften Österreich gesucht werden. Und wieder könnte sich die Fragestellung der Vergangenheit wiederholen – Österreich als ein zweites

Bayern oder Österreich als eine zweite Schweiz. Bayern, das steht für eine – durchaus kräftige, durchaus selbstbewußte – Peripherie eines größeren Deutschland. Schweiz, das steht für eine von Deutschland unabhängige Identität, für eine kleinere europäische Demokratie, die sich nicht an den großen, sondern an den kleinen Nationen Europas mißt. Schweiz, das steht für ein Österreich im Konzert der skandinavischen und der Beneluxstaaten, auch als ein Österreich, das sich als gleichberechtigter Partner den neuen Demokratien im östlichen Mitteleuropa anbietet.
Gefragt ist also nach dem fünften Österreich. Die Konturen seiner Identität – lassen sie sich bereits erahnen?

3. Versuchung der Deutschen – Versuchung aus Deutschland

Die Ereignisse, die 1989 und 1990 folgerichtig zur Vereinigung der beiden deutschen Staaten führten, hatten auch ihren Niederschlag in Österreich. Viele Diskussionsbeiträge von deutscher Seite betrafen Österreich – viele Überlegungen schlossen Österreich mit ein. Ein Beispiel für eine der Tendenzen, die im Zuge der deutschen Vereinigungsdebatte auch die Zukunft Österreichs mit einschlossen, lieferte Golo Mann. Bei einer Umfrage, was denn die Nationalhymne des neuen Deutschlands sein sollte, antwortete er *(»Die Zeit«, 15. 6. 1990):*

> »Die Nationalhymne Deutschlands ... kann ruhig weiterhin das Deutschlandlied sein. Und zwar alle drei Strophen ...«

Die erste der drei Strophen lautet bekanntlich:

> »Von der Maas bis an die Memel,
> Von der Etsch bis an den Belt –
> Deutschland, Deutschland über alles,
> Über alles in der Welt!«

Golo Mann vertrat also, 1990, als nationales Programm für den neuen deutschen Nationalstaat eine symbolische Wortwahl, die wesentliche Teile Polens, Litauens, Belgiens und, in letzter Konsequenz, ganz Dänemark und ganz Österreich in sein Deutschland einbezogen hätten. War sich Golo Mann dieser Konsequenz bewußt? Ja, denn er schrieb in seiner Stellungnahme auch:

> »Monsieur Grosser wird zwar behaupten, daß die Zeile ›Von der Etsch bis an den Belt‹ nach wie vor bedeute, daß Deutschland Südtirol erobern wolle, aber diesen Spaß können wir ihm in aller Ruhe lassen.«

Alfred Grosser fürchtet also, folgert Golo Mann, nur die Erobe-

rung Südtirols. Wie aber kommt Deutschland nach Südtirol? Ist da nicht noch ein anderes Land dazwischen? Doch das ist für Golo Mann gar nicht das Thema. Österreich ist eigentlich bei ihm schon weggedacht, wegrationalisiert. Ähnlich wie er auch keine Schwierigkeiten mit Polen oder Dänemark, mit Litauen oder Belgien sieht. Ausschließlich Südtirol – und hier ist er offenkundig bereit, Ausnahmen zu machen. Wie auch ein anderer Programmatiker, aus dem österreichischen Deutschnationalismus kommend, der ebenfalls in großen Würfen der Geschichte zu denken gewohnt war.
Golo Manns Historikerkollege, Karl Dietrich Erdmann, hat am Vorabend des Beginns des deutschen Einigungsprozesses Österreich ein eigenes Buch gewidmet: »Die Spur Österreichs in der deutschen Geschichte. Drei Staaten, zwei Nationen, ein Volk?«
Erdmann wird nicht verhindern können (wollen?), daß mit einem solchen Slogan natürlich der Kampfruf der österreichischen Nationalsozialisten »Ein Volk, ein Reich, ein Führer!« assoziiert wird.
Was Erdmann will, mag zunächst nicht wichtig sein – doch wie er seine These von der grundsätzlich nicht unterbrochenen Parallelität der deutschen und der österreichischen Geschichte zu belegen versucht, läßt viele Schlußfolgerungen zu, und zwar ganz eindeutige.
Vor allem ist Erdmann von einer begnadet großzügigen Schlampigkeit im Umgang mit Daten – wenn es sich um Österreich handelt. Er vergißt, verdrängt, vernachlässigt – allerdings immer mit ein und derselben Ausrichtung: Seine These soll bestätigt werden.
Da mag es noch angehen, daß gleich das erste konkrete Datum, das Erdmann zur österreichischen Geschichte nennt, falsch ist – er gibt als den Tag der ersten Nationalratswahlen den 25. Oktober (!) 1945 an (S. 13). Verräterischer und schwerwiegender sind da schon andere Fehler – etwa wenn es heißt: ». . . nachdem die große Koalition im Nationalrat durch eine sozialdemokratische Mehrheitsregierung unter Kreisky 1971 abgelöst wurde.« *(Erdmann, 28)*
Erdmann unterschlägt vier Jahre Alleinregierung der ÖVP. Warum? Es ist zu vermuten, daß er die österreichische Geschichte selektiv wahrnimmt. Und es paßt eben nicht in seine These, daß vieles in der Geschichte der Zweiten Republik gegenläufig zur Ge-

schichte der Bundesrepublik war; so, wenn in der Bundesrepublik ausgerechnet dann CDU/CSU und SPD es mit der großen Koalition versuchten, als diese Regierungsform in Österreich aufgegeben wurde.

Doch was sind schon vier Jahre in der Geschichte eines kleinen Landes, wenn es darum geht, diesem die Bedeutsamkeit der Parallelität mit dem großen Nachbarn beizubringen. Da paßt es dann Erdmann vortrefflich ins Konzept, wenn er den Karl Renner der Jahre 1919 und 1938 hervorhebt, den Karl Renner der Jahre 1934 und 1937 aber verschweigt, jenen Karl Renner, der sich, durchaus im Sinne der damaligen Machthaber Österreichs, entschieden gegen den »Anschluß« aussprach. Daß Karl Renners Haltung – zum »Anschluß« und auch sonst – zumeist nichts als ein Reflex der herrschenden Machtverhältnisse war, das hätte wohl den Kronzeugen Renner allzusehr entwertet. Also muß er einseitig rezipiert werden, also muß auch etwa die klare Anti-»Anschluß«-Parole der illegalen Revolutionären Sozialisten vom 10. März 1938 verschwiegen werden.

Überhaupt, Erdmanns Kronzeugen: Das sind, neben Fritz Fellner, vor allem Otto Schulmeister und Otto Habsburg. Und, immer wieder, Hugo von Hofmannsthal. Erdmann zitiert freilich nicht den peinlichen Kriegspropagandisten des Ersten Weltkrieges, sondern den Poeten des (österreichischen) Einerseits und des (deutschen) Andererseits. Erdmann hätte auch Karl Kraus zitieren können – doch dieser war nicht nur zwischen 1914 und 1918 Antipode Hofmannsthals, Kraus war auch ein entschiedener Gegner des »Anschlusses«, nachzulesen in den letzten Jahrgängen der »Fackel« und in der »Dritten Walpurgisnacht«. Doch Kraus paßt eben nicht zu Erdmanns These . . .

Erstaunt liest man von einer »Moskauer Erklärung vom 13. Oktober (!) 1943« (S. 82); und davon, daß es einen »Siedlungsraum des deutschen Volkes« gebe, der eben auch Österreich einschließe (S. 33). In diesen beiden Feststellungen liegt der ganze Erdmann verborgen – gegenüber der Geschichte eines kleinen Landes erübrigt sich das Überprüfen auch nur der zentralen Daten der Geschichte; aber mit sozialwissenschaftlich nicht diskutierten, in Vergangenheit und Gegenwart immer wieder mißbrauchten Leerformeln (»Siedlungsraum«) wird trefflich Politik gemacht. Merk's, Polen!

Mit sozialwissenschaftlicher Geschichtsbetrachtung hat Erdmann offenkundig überhaupt nichts im Sinn. Die aktuellen Arbeiten zur österreichischen Identität (zum Beispiel die von Albert Reiterer) kennt er nicht, verwendet er jedenfalls nicht. Er schreibt ja, von Deutschland aus, über Österreich. Würde er mit ähnlicher Sorglosigkeit etwa über die USA schreiben oder über die Schweiz? Würde er es sich leisten, solche Fehler – die er wohl bei jeder Proseminararbeit zu Recht moniert – dann zu machen, wenn es sich um französische Geschichte handelte?

Aber Erdmann beschäftigt sich eben mit österreichischer Geschichte. Und er beschäftigt sich damit in einer Art und Weise, die doch immer und immer wieder an den Stil eines aufgeklärten, wohlmeinenden wilhelminischen Kolonialoffiziers in Deutsch-Südwest um 1910 erinnert. Merk's, Österreich!

4. Verspätung der zivilen Gesellschaft

Nahezu alles, was für die österreichische Demokratie von zentraler Bedeutung ist, ist verspätet. Mit Ausnahme der Entwicklung starker Parteien haben sich die Strukturelemente, die in »westlichen« Demokratien die Qualität ebendieser Demokratien ausmachen, sehr spät entwickelt, sehr spät etabliert. Österreich liegt in der Peripherie europäischer Demokratieentwicklung – jedenfalls bis 1989, bis zu dem Jahr, in dem der Siegeszug der »westlichen Demokratie« sich auch auf das östliche Europa erstreckte.

Doch während in der DDR und in der ČSFR, während insbesondere auch in Rumänien und in Bulgarien in diesem Jahr 1989 die Demokratie von den Menschen revolutionär ergriffen wurde; während die Entwicklungsschritte, die Ungarn und Polen schon vor 1989 in ebendiese Richtung setzten, mit den revolutionären Ereignissen von 1956 bzw. 1980/81 zusammenhingen, ist die österreichische Demokratie nicht das Produkt eines revolutionären Prozesses von unten. Die österreichische Demokratie ist das Ergebnis weltpolitischer Konstellationen, die einem der Demokratie eher widerwillig gegenüberstehenden Volk die demokratischen Freiheiten aufzwangen.

Als 1918 der Thron der Habsburger stürzte und als eine sich revolutionär gebärdende Nationalversammlung die deutschösterreichische Republik ausrief, da war diese Revolution nichts als die fast operettenhaft anmutende Antwort auf die Niederlage Österreich-Ungarns. Ohne Sieg der Entente – keine Demokratie. Und dann, 1919 in St-Germain, kein unabhängiges Österreich ohne ebendiese Entente.

Daß Österreich ist und daß in Österreich Demokratie ist, das verdankt es den westlichen Demokratien – Großbritannien und Frankreich, den USA und, zumindest 1918 und 1919, auch Italien. So anders war es 1945 auch nicht. Die Demokratie kam abermals auf den Bajonetten der Siegermächte, die zunächst, bevor sie dieses Land mit Demokratie zwangsbeglücken konnten, die Armeen

Tabelle 2: Die Entwicklung des Parlamentarismus im europäischen Vergleich

1918	Österreich
1917	Schweden
1911	Portugal
1904	Island
1901	Dänemark
1884	Norwegen
1875	Frankreich
1868	Niederlande
1861	Italien*
1834	Großbritannien
1833	Belgien

* Sardinien bereits ab 1848

(Quelle: Nick/Pelinka, S. 32)

der Großdeutschen Wehrmacht niederringen mußten – Armeen, in denen Hunderttausende Österreicher Dienst taten, Dienst tun mußten oder, um mit Kurt Waldheim zu sprechen, ihre »Pflicht« erfüllten.

Österreich war verspätet. 1833 erhielt Belgien, drei Jahre zuvor durch einen revolutionären Akt als Staat geschaffen, die fortschrittlichste Verfassung Europas – die Regierung des Königreiches war dem Parlament politisch verantwortlich. Ein Jahr später folgte Großbritannien durch Änderung der Verfassungspraxis dieser Entwicklung. Und dann kamen, Schritt für Schritt, andere europäische Staaten – Italien, die Niederlande, Frankreich, Norwegen, Dänemark, Island, Portugal und Schweden errichteten parlamentarische Systeme –, also politische Ordnungen, in denen die Regierungsgewalt nicht mehr bei der Krone, sondern beim gewählten Parlament bzw. bei dessen Mehrheit lag.

Das Österreich, das 1918 in eine die Demokratie erst ermöglichende Niederlage schritt, hatte eine verspätete Verfassung – erst von 1867 weg gab es eine konstitutionelle Kontinuität, erst ab 1873 wurde das Parlament direkt gewählt. Und dieses Österreich mit seinem Pseudoparlamentarismus, seinem Halbparlamentarismus *(Loewenstein)* wurde bis 1918 von den alten, vorbürgerlichen, feudalen Mächten regiert.

Die vom Kaiser bestellte Regierung war nur dem Monarchen verantwortlich. Der Kaiser und seine Regierung brauchten das Parlament gar nicht – falls der Reichsrat nicht parierte, dann gaben sich Kaiser und Regierung die ihnen genehmen Gesetze eben mittels Notverordnung. Und falls das Parlament allzu aufmüpfig war, schickte man es nach Hause. Das Parlament war eines von Kaisers Gnaden.

Diese Rückständigkeit teilte das alte Österreich mit dem Deutschen Reich, dem es sich außenpolitisch ausgeliefert hatte. Freilich, das Parlament des Deutschen Reiches war immerhin seit 1871 aufgrund eines sehr fortschrittlichen Wahlrechtes – des allgemeinen und gleichen Männerwahlrechtes – gewählt. Diese Entwicklungsstufe erreichte das österreichische Parlament erst 1907. Aber was

half ein fortschrittliches Wahlrecht, wenn das so fortschrittlich gewählte Parlament dann machtpolitisch bedeutungslos blieb?
Diese Verspätung ist vor allem auf zwei österreichische Besonderheiten zurückzuführen – auf die ökonomische Randlage und auf die ethnische Vielfalt.
Österreich lag vom Zentrum der wirtschaftlichen Entwicklung, der ökonomischen Dynamik relativ weit entfernt. Kapitalismus und Marktwirtschaft als die den bürgerlichen Interessen entsprechenden Formen wirtschaftlicher Ordnung entwickelten sich zunächst in dem vom Protestantismus geprägten britisch-niederländischen Zentralraum. Von dort aus setzte sich, in konzentrischen Kreisen, das kapitalistische Wirtschaften allmählich in ganz Europa durch. Nach Österreich kam es spät – vermittelt, gleichsam gefiltert, durch den deutschen Kapitalismus.
Die Entwicklung des 19. Jahrhunderts hatte Preußen als den Zentralraum des neuen Deutschland mehr und mehr wirtschaftlich gegenüber Österreich begünstigt. 1840 etwa, als die Bevölkerung Österreichs noch mehr als das Doppelte der Preußens betrug, verfügte Preußen bereits über die doppelte Zahl von Dampfmaschinen – ein wichtiger Indikator für industriellen Fortschritt *(Katzenstein 1976, 87).*
Mit der Gründung des Deutschen Reiches wurden diese Unterschiede noch deutlicher. Deutsches Kapital spielte eine bedeutende Rolle bei der Entwicklung der österreichischen Wirtschaft. Österreich, und zwar durchaus im Sinne von Österreich-Ungarn, wurde zum wirtschaftlich abhängigen Partner – eine Abhängigkeit, die sich auch in vielen politischen und kulturellen Aspekten niederschlug *(Katzenstein 1976, 97–132).*
Die wirtschaftliche Verspätung Österreichs begründete wirtschaftliche Abhängigkeit, politische Abhängigkeit, kulturelle Abhängigkeit von Deutschland. Das Deutsche Reich wurde, im Rahmen des Zweibundes, zum »großen Bruder«.
Die ökonomische Wurzel der österreichischen Verspätung wurde noch ergänzt durch die ethnischen Besonderheiten des alten Österreich. Österreich war eben kein Nationalstaat im Sinne dessen, was

der Geist der deutschen oder der italienischen Einigung ausdrückte; Österreich war nicht der Zusammenschluß von Menschen, die die gleiche Sprache verband. Österreich war eine multikulturelle, eine multiethnische Einheit. Und das wurde als Belastung, keineswegs als Chance empfunden.

Die ethnischen Spannungen beherrschten die Jahre des verspäteten Konstitutionalismus zwischen 1867 und 1918. Weit davon entfernt, einen allgemein als gerecht empfundenen Ausgleich zwischen den verschiedenen Nationalitäten zu finden, war die österreichische Reichshälfte durch die Privilegien, durch die Vorherrschaft der Deutschen charakterisiert – ebenso wie die ungarische Reichshälfte von der Hegemonie der Magyaren gekennzeichnet war.

Ausdruck dieser Hegemonie war die Ungleichheit des Wahlrechtes. 1907, bei der ersten nach dem allgemeinen und gleichen Männerwahlrecht durchgeführten Wahl des Abgeordnetenhauses des Reichsrates, war die Verteilung der Wahlkreise verzerrt – zugunsten der Deutschen, zuungunsten der anderen.

Tabelle 3: Verzerrungen der Wahlkreise bei der Reichsratswahl 1907

Für ein Mandat benötigten		
die deutschsprachigen Parteien	9575	Stimmen
die Tschechen	12844	Stimmen
die Polen	11082	Stimmen
die Ruthenen	22785	Stimmen
die Slowenen	11998	Stimmen
die Kroaten	12817	Stimmen
die Rumänen	10306	Stimmen
die Italiener	9276	Stimmen

(Quelle: Görlich – Romantik, S. 451)

Die Verspätung des Kapitalismus und die Ablenkung durch den Streit der Nationalitäten bedeuteten letztendlich die Verspätung einer zivilen Gesellschaft. 1918 trat ein neues Österreich als kleine, sich revolutionär gebende Republik auf die europäische Bühne – belastet durch die Verspätung, gekennzeichnet durch das Fehlen eines selbstbewußten, demokratischen, liberalen Bürgertums.
Zivile Gesellschaft: darunter ist nicht in erster Linie die Bourgeoisie zu verstehen, auch nicht in ihrer liberalen, demokratischen Ausformung. Die zivile Gesellschaft ist letztendlich auch durch die Fähigkeit zur Überschreitung von Klassen und Interessen gekennzeichnet – eine Gesellschaft mit einem hohen Anteil mündiger, zur politischen Beteiligung bereiter und entschlossener Menschen.
Eine vergleichende Untersuchung hat – unter Nutzung von 1989 erhobenen Daten – ergeben, daß in Österreich die Bereitschaft zu »unkonventionellen Beteiligungsformen« in der Politik deutlich geringer ist als in der Bundesrepublik Deutschland oder in der Schweiz.

Tabelle 4: Unkonventionelle Beteiligungsformen – Deutschland, Österreich, Schweiz

Nicht bereit sind, sich zu beteiligen (in Prozent)

	BRD	Ö	CH
Unterschriften für eine Bürgerinitiative sammeln	41	51	38
bestimmte Firmen oder Konsumartikel boykottieren	49	57	47
an einer Demonstration teilnehmen	56	71	63
bei einem Streik mitmachen	63	66	67
in einer Bürgerinitiative mitmachen	47	55	39

(Quelle: Politischer Kulturvergleich: Österreich, BRD und Schweiz. Projektgemeinschaft Wien/Bonn/Bern. Workshop Wien, 21. 5. 1990, V 9)

Diese Angaben vom Ende der achtziger Jahre decken sich mit anderen Studien, die in den siebziger Jahren oder zu Beginn der achtziger Jahre ebenfalls die politische Beteiligung der Österreicher im internationalen Vergleich erhoben *(Barnes, Kaase; Deiser, Winkler).* In Österreich ist die Bereitschaft, sich an der Politik jenseits der verfestigten Kanäle der Parteien und Verbände zu beteiligen, auffallend gering entwickelt.
Dies steht in krassem Widerspruch zu den hoch entwickelten Formen konventioneller Beteiligung. Österreich ist nach wie vor Spitzenreiter in der Statistik der Organisationsdichte politischer Parteien – in keinem anderen Land Europas sind so viele Menschen in einer politischen Partei organisiert. Österreich zählt nach wie vor zu den Ländern mit der höchsten Wahlbeteiligung. Doch wenn es darum geht, sich für Politik zu interessieren, sich um Politik zu kümmern, ohne daß die Form »von oben« vorgegeben ist, dann zählt Österreich zu den Ländern mit der geringsten Neigung zur Partizipation.
Und das ist eben ein Merkmal für das Fehlen, zumindest für die Unterentwicklung einer zivilen Gesellschaft. Die österreichische Gesellschaft ist »politisiert« – im Sinne einer zentralen Erfassung, im Sinne einer zentralen Steuerung. Und gleichzeitig ist die österreichische Gesellschaft »unpolitisch«: Es gibt sehr wenig ungesteuerte, nicht zentral vorgeprägte Formen politischer Aktion.
Dieses Defizit an ziviler Gesellschaft hat noch einen besonderen, gerade die Identität Österreichs betreffenden Aspekt: Die Republik Österreich ist auch das Produkt eines allgemein als Abstieg begriffenen Prozesses; eines Vorganges, der kollektive Abstiegsängste hervorrufen mußte *(Elias, 134).*
Im Geschichtsunterricht in den Schulen wird das heutige Österreich in Kontinuität mit dem Österreich vor 1918 gesehen; wird der europäische Kleinstaat von heute in Beziehung zur europäischen Großmacht von gestern gesetzt. Österreich, das ist auch der Verlust von Größe; daher ist Österreich – nur zu oft – Sehnsucht nach Größe.
Kollektive Abstiegsängste sind nicht geeignet, jene politische Mün-

digkeit zuzulassen, die demokratische Qualität begünstigt. Kollektive Ängste begründen ein Anlehnungsbedürfnis – Anlehnung an den starken Mann, Sehnsucht nach der stabilen Ordnung, Anlehnung an den großen Bruder.

Anlehnung an den starken Mann: Die Entwicklung in der Ersten Republik, geprägt von den Abstiegsängsten vor allem, aber nicht nur des Bürgertums, zeigte diese Hinwendung zum Führerprinzip – das Führerprinzip des Nationalsozialismus stand in Konkurrenz zum Führerprinzip des »Austrofaschismus«; die Kirche operierte mit dem Christ-Königs-Gedanken, und die Kommunisten gaben sich schon in den dreißiger Jahren dem Stalin-Kult hin, dessen Anfänge bereits im Lenin-Kult sichtbar gewesen waren.

Sehnsucht nach der stabilen Ordnung: Der Wunsch, den als labil eingestuften Zuständen der Gegenwart in Richtung auf eine verordnete Harmonie zu entkommen, begleitete ebenfalls die Politik der verschiedenen rechten Gruppierungen, sie war aber auch den endzeitlichen Visionen der Linken nicht fremd. Die Konflikte, Teil der Demokratie, wurden grundsätzlich als störend empfunden – Ordnung, das war letztlich Konfliktfreiheit; Konfliktfreiheit jenseits des Klassenkampfes. Dieses Ziel wollte die Rechte durch eine Art Verbot des Klassenkampfes erreichen, die Linke durch die erfolgreiche Austragung desselben.

Anlehnung an den großen Bruder: Österreich taumelte – außenpolitisch in die italienische Orientierung, dann, ab Juli 1936, in die deutsche Orientierung, die nur folgerichtig zum März 1938 führte. Der »Anschluß« stand bis Oktober 1933 im Parteiprogramm der Sozialdemokratischen Arbeiterpartei – und während die Linke nun, angesichts der nationalsozialistischen Gewaltherrschaft in Deutschland, umzudenken begann, fand die NSDAP Zulauf; und zwar auch vom Fußvolk der Linken.

Alles das ist, anscheinend, nach 1945 ganz anders. Freilich: Die Herausforderungen durch »kollektive Abstiegsängste« sind nicht mehr dieselben. Und deshalb gab und gibt es auch, als Ergebnis der Stabilisierung der Zweiten Republik, Anzeichen einer Verschiebung in Richtung zivile Gesellschaft.

Dazu zählen die Neigung zum Auszug aus den Kirchen und den Ersatzkirchen; die Bereitschaft zum zivilen Widerstand gegen elitär ausgehandelte Kompromisse – wie 1978 im »Fall Zwentendorf«, wie 1984 im »Fall Hainburg«; und dazu zählt insbesondere eine Frauenbewegung, die nicht nur Frauen bewegt, sondern auch Qualitäten einer nur ansatzweise vorhandenen, zivilen Gesellschaft anspricht.
Das Öffentliche sei privat, das Private sei öffentlich: Es ist dieses Postulat der Frauenbewegung, das das Wesen einer zivilen Gesellschaft anspricht. Die Zweiteilung in politisch und unpolitisch, in staatlich und nichtstaatlich, in Form und Inhalt, in Fassade und Substanz, wird damit in Frage gestellt. Die Aufhebung dieser Grenze, zumindest das Bemühen um die Auflösung solcher Grenzziehungen – eben das ist das Merkmal ziviler Gesellschaft; und eben das geht Österreich noch immer weitgehend ab.

5. Zu groß für Österreich

Es ist erstaunlich, in wie vielen politischen Bereichen das relativ kleine Österreich Weltrekorde hält.
Die Fähigkeit österreichischer Politik, Rekorde zu erzielen, bezieht sich zunächst und vor allem auf die Parteien – also auf den Bereich, in dem Österreich nicht spät, sondern früh entwickelt war. In Österreich waren ja die politischen Parteien bereits dicht entwikkelte Großorganisationen, bevor noch der Parlamentarismus der Hegemonie durch die Mächte des alten Feudalsystems entwachsen konnte.
Der zweite Sektor österreichischer Rekordverdächtigkeit in der Politik ist der Bereich der Verbände. Die österreichischen Parteien, die eigentlichen Gründer sowohl der Ersten als auch der Zweiten Republik, haben sich 1945 durch hoch zentralisierte, dicht organisierte Wirtschaftsverbände eine Parallelorganisation geschaffen. Diese Parallelorganisation und ihre wichtigste Ausprägung, die Sozialpartnerschaft, stellen den zweiten Beitrag österreichischer Politik für das »Buch der Rekorde« dar.
Parteienstaat und Verbändestaat – auf diese beiden Punkte können Österreichs politische Rekorde gebracht werden. Parteien und Verbände haben sich den Staat, haben sich die Demokratie zurechtgemacht. Parteien und Verbände kontrollieren in Österreich nicht nur den Staat, also die Verfassungsorgane; sie kontrollieren – haben zumindest kontrolliert – die gesamte Gesellschaft. Die Republik Österreich ist, wie sie ist, ein Produkt der Parteien und Verbände. Die Parteien und Verbände sind, in ihrer staatsgründenden und gesellschaftsbeherrschenden Funktion, dabei in ein Vakuum gestoßen: 1918 in die von den Mächten der Monarchie, des Feudalismus plötzlich freigewordenen Strukturen; 1945 in das, was als »deutsches Eigentum« auf einmal herrenlos war – in wirtschaftlicher und auch in politischer Hinsicht. Die Parteien und die Verbände waren und sind die Erben der Habsburger und des Nationalsozialismus.

Deshalb sind sie in der Zweiten Republik zu organisatorischen Spitzenleistungen aufgelaufen, die geradezu groteske Dimensionen erreichen. Es gibt keine andere westliche Demokratie, in der im letzten Viertel dieses Jahrhunderts so viele Menschen organisatorisch an eine Partei gebunden wären. Das zeigt sich, zunächst, in der Wahlbeteiligung – den österreichischen Parteien gelang es, nach 1945, in einem über alle anderen europäischen Demokratien hinausreichenden Ausmaß, »ihre« Wählerinnen und Wähler zu den Urnen zu bringen.

Tabelle 5: Wahlbeteiligung in Europa, 1945–1978

	durchschnittliche Wahlbeteiligung (in %)	Schwankungen (in %) (Standard-abweichung)	Anzahl der Wahlen
Österreich	94,2	1,54	10
Italien	92,6	1,41	8
Belgien	92,3	1,62	11
Niederlande	91,3	5,49	10
Luxemburg	91,0	1,30	7
Island	90,3	1,27	10
BRD	86,9	3,63	8
Dänemark	85,8	2,89	14
Schweden	84,9	4,87	10
Norwegen	80,8	2,73	9
Frankreich	79,3	3,70	11
Finnland	79,2	3,96	10
Großbritannien	77,7	3,70	9
Irland	74,7	2,19	9
Schweiz	64,5	6,24	8

(Quelle: Dittrich und Johansen, in: Daalder – Mair, S. 97)

Tabelle 6: Organisationsgrad ausgewählter sozialdemokratischer und christlich-demokratischer (konservativer) Parteien in Europa um 1980

Land (Wahljahr)	Parteimitglieder[1] soz.-dem.	Parteimitglieder[1] christl.-dem. (konservativ)	Wähler soz.-dem.	Wähler christl.-dem. (konservativ)	Mitgliederanteil an den Wählern (%)	
BRD (1980)	SPD 1000000	CDU 680000 CSU 170000	SPD 16260677	CDU 12989200 CSU 3908200	SPD 6,1	CDU 5,2 CSU 4,3
Dänemark (1981)	SDP 110000	DKF 56000	SDP 1027376	DKF 450970	SDP 10,7	DKF 12,4
Finnland (1983)	SDP 97000	KK 80000	SDP 795995	KK 658779	SDP 12,2	KK 12,1
Frankreich (1981)	PSF 200000	RPR 300000	PSF 9433000	RPR 5250000	PSF 2,1	RPR 5,7
Großbritannien (1983)	Labour P. 6881000*	Conserv. P. 2000000	Labour P. 8437120	Conserv. P. 12991377	Lab. 81,6	Cons. 15,4
Italien (1979)	PSI 500000	DC 1500000	PSI 3586256	DC 14007594	PSI 13,9	DC 10,7
Österreich (1983)	SPÖ 700000	ÖVP 500000**	SPÖ 2312529	ÖVP 2097808	SPÖ 30,3	ÖVP 23,8
Schweden (1982)	SAP 1060000*	Mod. Sam. 180000	SAP 2507169	Mod. Sam. 1290091	SAP 42,3	M.S. 14,0

[1] ... Mitgliedschaften erhoben nach Day, Degenhardt (Eds.): Political Parties of the World

* ... individuelle und Gewerkschaftsmitgliedschaften (kann nicht mit indiv. Mitgliedschaft gleichgesetzt werden)

** ... Übervorsichtige Schätzung. Nach anderen Quellen ca. 800000

Der Hinweis, daß in einigen österreichischen Bundesländern Wahlpflicht besteht, gibt für diese Spitzenleistung österreichischer Politik keine ausreichende Erklärung – zwischen den einzelnen österreichischen Bundesländern, also jenen, die Wahlpflicht haben, und denen ohne Wahlpflicht, gibt es keine signifikanten Abweichungen in der Wahlbeteiligung. Die Erklärung ist, daß die Loyalität gegenüber den Parteien in Österreich mehr als in jeder anderen europäischen Demokratie entwickelt ist – die Parteien waren (sind?) die großen Beweger der österreichischen Gesellschaft.

Dazu kommt die Organisationsdichte der österreichischen Parteien, vor allem der beiden Großparteien. In keiner anderen westlichen Demokratie Europas konnten größere Parteien einen so hohen Prozentsatz ihrer Wähler auch als formelle Mitglieder organisieren – je nach Zählweise sind in der SPÖ etwa 30 Prozent der sozialdemokratischen Wähler, in der ÖVP eher noch mehr ihrer Wähler organisiert. Dieser Organisationsgrad von 30 Prozent (SPÖ) und eher noch mehr als 30 Prozent (ÖVP) muß im Vergleich mit anderen Parteien der demokratischen Linken (Sozialdemokratie) und der demokratischen Rechten (christlichdemokratische und konservative Parteien) gesehen werden.

Die Parteien haben ihre Größe aus mehreren Gründen auf diesen europäischen Spitzenwert getrieben – einmal, weil die Parteien Tradition haben. Anders als die Strukturen des demokratischen Verfassungs- und Rechtsstaates sind die Strukturen der Parteien in Österreich alt. Bevor es einen echten Parlamentarismus, bevor es einen wirklich entwickelten Verfassungsstaat gegeben hat, hat es Parteien in Form von »Lagern« gegeben; haben Parteien, im Zentrum dieser »Lager« stehend, Subgesellschaften, Kontrastgesellschaften, Gegengesellschaften organisiert. Deshalb wird Loyalität zu einer bestimmten Partei noch immer oft ganz einfach vererbt.

Neben dieses Traditionsmotiv treten jedoch andere Motive, andere Erklärungen für die österreichischen Spitzenleistungen. Die Parteien beherrschen seit 1945 Staat und Gesellschaft – sie sind die

Tabelle 7: Konzentrationsgrad des österreichischen Parteiensystems

Nationalrats-wahlen	gemeinsame Stimmenanteile SPÖ, ÖVP	Stimmenanteile VDU, FPÖ	Stimmenanteile vierter Parteien
1949	82,7	11,7	5,6[1]
1953	83,4	11,0	5,6[1]
1956	88,9	6,5	4,6[1]
1959	89,0	7,7	3,3[1]
1962	89,4	7,1	3,5[1]
1966	91,0	5,4	3,6[2]
1970	93,0	5,5	1,5
1971	93,1	5,5	1,4
1975	93,4	5,4	1,2
1979	92,9	6,1	1,0
1983	90,9	5,0	4,1[3]
1986	84,4	9,7	5,9[4]
1990	74,8	16,6	8,6[5]

[1] vor allem KPÖ (1949: 5,1; 1953: 5,3; 1956: 4,4; 1959: 3,3; 1962: 3,3)
[2] vor allem DFP (3,3)
[3] vor allem VGÖ und ALÖ (3,5)
[4] vor allem Grüne (4,8)
[5] vor allem Grüne (Grüne Alternative 4,7; VGÖ 1,9)

(Quelle: zusammengestellt nach amtlichen Stimmergebnissen)

Schleusenwärter, die »gate keeper« der österreichischen Gesellschaft. Wer in der Zweiten Republik etwas wollte, mußte dies über SPÖ oder ÖVP anstreben. Wer Mitglied des Verfassungsgerichtshofes wurde, das bestimmten SPÖ und ÖVP auf der Grundlage von informellen Übereinkommen *(Welan)*. Wer in der Verstaatlichten Industrie Manager werden sollte, der wurde dies durch eine Partei, über eine Partei und in einer Partei. Und im Schulsystem bestimmten die Großparteien Karrieren, ja auch die Vergabe von Planstellen.

Das alles wurde von einer Entwicklung begleitet, die einen weiteren Höchststand, einen weiteren Europarekord österreichischer Politik mit sich brachte – die Konzentration des Parteiensystems. 1975 wählten mehr als 93 von 100 Wählern entweder SPÖ oder ÖVP.

In keiner anderen westlichen Demokratie Europas wurde ein ähnlicher Konzentrationsgrad erreicht – auch in Großbritannien, einem Land, das traditionell ein Zweiparteiensystem besitzt, das durch ein mehrheitsfreundliches Wahlsystem abgesichert ist, erreichten Konservative und Labour Party niemals auch nur annähernd einen solchen Konzentrationsgrad wie den, den das österreichische Parteiensystem am Höhepunkt der »Ära Kreisky« zu erreichen vermochte.

Freilich, hier werden schon Alarmzeichen deutlich, die auf wesentliche Veränderungen weisen: Der Parteienstaat hat offenkundig seinen Höhepunkt bereits überschritten. Der Konzentrationsgrad geht seit 1979 allmählich, seit 1986 dramatisch zurück. Immer mehr Österreicherinnen und Österreicher verweigern – insbesondere bei Regional- oder Lokalwahlen – die Abgabe ihrer Stimme überhaupt, oder sie wählen dritte und vierte Parteien. Das wirkt sich allmählich auch auf die Mitgliederzahl aus – der Mitgliederstand etwa der SPÖ, seit Jahrzehnten bei ungefähr 700 000 eingependelt, sank in den achtziger Jahren auf etwa 600 000 ab.

Doch der Parteienstaat hat nicht nur, als organisatorisches Standbein, extrem hohe Wahlbeteiligung, extrem hohen Organisationsgrad und extrem hohen Konzentrationsgrad aufzuweisen – der Parteienstaat hat sich, ab 1945, den Verbändestaat als zweites Standbein geschaffen.

1945 schufen die Staatsgründer – also ÖVP, SPÖ und KPÖ – den Österreichischen Gewerkschaftsbund. Damit war die Phase der richtungsgewerkschaftlichen Konkurrenz, typisch für die ausgehende Monarchie und für die Erste Republik, überwunden. 1946 fand der ÖGB in der zentralistischen Zusammenfassung der traditionsreichen Handelskammern eine Ergänzung – die Bundeskam-

mer der gewerblichen Wirtschaft wurde ins Leben gerufen. Gründer: wiederum die Parteien.
Damit waren die Säulen des Verbändestaates neu konstituiert. ÖGB und Bundeskammer, begleitend gestützt von der Organisation der Kammern für Arbeiter und Angestellte (Dachverband: Österreichischer Arbeiterkammertag) und der Landwirtschaftskammern (Dachverband: Präsidentenkonferenz der Landwirtschaftskammern), zogen – im vollen Einverständnis mit Parlament und Parteien – die entscheidenden Kompetenzen der Sozial- und Wirtschaftspolitik an sich. Die österreichische Sozialpartnerschaft begann.
Und die österreichische Sozialpartnerschaft überlebte auch die (erste) große Koalition. 1966, als die ÖVP die erste Alleinregierung der Republik wagte, erhielt die Sozialpartnerschaft sogar einen indirekten Bedeutungszuwachs. Denn das Bedürfnis nach elitärer Abklärung der Interessen wurde nun nicht mehr durch die Koalitionsregierung gedeckt – diesem Bedürfnis entsprach nun erst recht die Sozialpartnerschaft. Josef Klaus, Bundeskanzler dieser ersten Alleinregierung, schrieb in seinen Erinnerungen besonders positiv und wohlwollend über seine Kontakte mit dem ÖGB und dessen Präsidenten *(Klaus, 88 f. und 389).*
Gegen Ende der Ära Kreisky erhielt die österreichische Sozialpartnerschaft auch durch die vergleichende Politikwissenschaft den Stellenwert zuerkannt, der sie zum Teil der österreichischen Rekordbilanz machte – Gerhard Lehmbruch kam aufgrund seiner vergleichenden Analysen zu dem Ergebnis, daß in keinem anderen europäischen Land der »Neokorporatismus« so stark sei wie in Österreich. Das Zusammenspiel zwischen Arbeit (vertreten durch den ÖGB), Kapital (vertreten insbesondere durch die Bundeswirtschaftskammer) und Staat (vertreten durch Bundesregierung und Parlament) hatte in Österreich einsame Spitzenwerte erreicht.
Doch noch bevor der Parteienstaat Schwächen zeigte, zeigte sie der Verbändestaat. Die Verbände, also die Sozialpartner, erwiesen sich gegenüber den neuen sozialen Bewegungen besonders unsensibel. 1978 gelang es den Sozialpartnern nicht, ihren bereits ausgehan-

delten Konsens – nämlich die Inbetriebnahme des ersten österreichischen Atomkraftwerkes – in einen Konsens der Parteien zu verwandeln. Diese waren schon, als »Stimmensammler« für Modeströmungen sensibel, auf ökologischen Kurs gegangen. Und dem Zwist der Parteien, von denen keine die endgültige Verantwortung für die Inbetriebnahme auf sich nehmen wollte, fiel schließlich die österreichische Atomindustrie zum Opfer – wenige Jahre später, ab Tschernobyl, wohl zur Erleichterung nahezu aller in diesem Lande.
Ähnliches spielte sich dann, Ende 1984 und Anfang 1985, in der Au bei Hainburg ab. Die Sozialpartnerschaft – repräsentiert durch Bauwirtschaft und Baugewerkschaft – erlitt eine durch gleichzeitig ängstlich und sensibel gewordene Parteien vermittelte Niederlage. Die Feinabstimmung, die Synchronisation zwischen Partei- und Verbändestaat war ganz entscheidend gestört *(Natter).*

Daß die österreichischen Parteien grün vor Angst wurden, konnte den Aufstieg der Grünen als vierte Parteigruppierung nicht verhindern. Dieser Aufstieg, der erste erfolgreiche Einstieg einer neuen Partei in das etablierte Parteiensystem seit 1945, ja seit 1918 (sieht man von der NSDAP ab, die ja eigentlich eine Umstrukturierung des traditionellen »dritten Lagers« war), veränderte die Parteienlandschaft von Grund auf. Das und die zunächst überraschende Renaissance des »dritten Lagers« waren die Folge einer geänderten politischen Klimalage.

Das politische Gesamtklima des Landes hat sich geändert. Zwar ist noch immer die »zivile Gesellschaft« in Österreich, vergleichsweise, unterentwickelt. Aber sie regt sich – und sie regt sich vor allem dadurch, daß Politik nicht mehr ausschließlich von großen Parteien und großen Verbänden kanalisiert werden kann. Es gibt nun Politik jenseits von SPÖ und von ÖVP, von ÖGB und Bundeswirtschaftskammer. Ja, insbesondere SPÖ und ÖVP sind immer mehr Getriebene statt Treibende. Sie machen nicht Politik, mit ihnen wird Politik gemacht. Sie agieren nicht, sie reagieren.

Das wohl wichtigste Ergebnis dieser Veränderung der politischen Großwetterlage ist das Schrumpfen der Parteien. Sie passen sich an, indem sie kleiner werden. Nur so können sie überleben – die

Zeit der Riesen, die Zeit der Saurier ist vorbei. Daß eine Partei allein, gestützt auf eine absolute Mehrheit, trotz des kleine Parteien begünstigenden Verhältniswahlrechtes regieren kann – das gehört der Geschichte an. Daß mehr als 90 Prozent der Stimmen an die beiden Großparteien gehen – das ist Bestandteil des Museums politischer Geschichte. Daß junge Österreicher automatisch »eingefärbt« sind, also – je nach Familientradition – »rot«, »schwarz« oder »blau« (»braun«?), das ist nicht mehr die politische Wirklichkeit des letzten Jahrzehnts dieses Jahrhunderts.
Die österreichische Demokratie ist dabei, sich vom Parteien- und Verbändestaat zu emanzipieren. Und die Parteien, aber auch die Verbände passen sich, notgedrungen, an. Sie sind, anders als die Saurier aus dem Mittelalter der Erdgeschichte, eben lernfähig. Und sie lernen, daß ihre historische Größe nicht mehr für die Aufgaben der Zukunft paßt. Sie lernen, kleiner zu werden.
Freilich, dieser Anpassungsprozeß ist nicht einfach linear, ist nicht einfach nur positiv zu sehen. Auch hier ist Widersprüchliches, auch hier ist Dialektisches mitzudenken. Denn immerhin: Die hohe Berechenbarkeit des Parteien- und Verbändestaates hat Österreich auch zu bestimmten, nach herrschender Meinung noch immer positiv zu bewertenden Rekordergebnissen geführt. Zu diesen (fast) Spitzenwerten zählt: die Arbeitslosigkeit ist in Österreich geringer als in fast allen westlichen Industriestaaten – geringer zum Beispiel als in allen Staaten der EG mit Ausnahme des kleinen Luxemburg *(Österreichischer Arbeiterkammertag, 41).* Dazu kommt noch, ebenfalls wohl durch die mit dem Verbändestaat kausal verbundene Sozialpartnerschaft ermöglicht, ein ausgeprägter »sozialer Friede« – von allen OECD-Ländern weist nur noch die Schweiz eine geringere Streikhäufigkeit auf als Österreich *(Österreichischer Arbeiterkammertag, 42 f.).*
Die allmähliche Zersetzung des Parteien- und Verbändestaates, also die Anpassung österreichischer Verhältnisse an die im übrigen Europa geltenden Durchschnittswerte, wird somit auch Aspekte beinhalten, die viele als Nachteil empfinden werden. Dieses Aufbrechen der traditionellen Strukturen, das das Schrumpfen der Saurier

Großparteien und Großverbände mit sich bringt, ist jedoch nicht durch kurzfristige Befindlichkeiten zu steuern. Es handelt sich dabei um eine Art Megatrend – er läuft ab, ohne daß unmittelbare politische Weichenstellungen darauf wirklich Einfluß nehmen können.

Die Saurier des Parteien- und Verbändestaates haben den Zeitgeist gegen sich. Wie sie darauf reagieren, ergibt sich aus einem Interview, das für die Zeitschrift »Schulheft« gemacht wurde:

> »Frage: Auch in Wien gibt es rote und schwarze Schulen bzw. rote und schwarze Bezirke. Woher kommen die eigentlich? In welcher Zeit sind die roten für rot oder schwarzen für schwarz erklärt worden.
> Antwort: Sie sind aus der Nachkriegszeit entstanden und wurden nach den Wahlergebnissen der Wiener Gemeinderatswahlen aufgeteilt, und zwar auf die Leiterposten ...
> Frage: In der Nachkriegszeit, und das gibt es heute immer noch.
> Antwort: Dieser Schlüssel gilt grundsätzlich heute immer noch, nur wurden im Laufe des Abkehrens (von) dieser strikten Parteibindung Versuche unternommen, besonders durch Aufrufe des Bürgermeisters Zilk, auch sogenannte Nullerln, also nicht parteigebundene Lehrer, zu Direktoren zu machen. Das ist ... jetzt an zehn Standorten im letzten Jahr durchgeführt worden.
> Frage: Zehn Nullerln gibt es schon?
> Antwort: Zehn Nullerln nach Aussage des Bürgermeisters.
> Frage: Kennst Du eines?
> Antwort: Ich kenne keines.
> Frage: Ich kenne auch keines.
> Antwort: ... Grundsätzlich ist noch immer das Parteibuch die gültigste Eintrittskarte für eine Leiterfunktion.« *(Schulhefte)*

Diese Zustände sind nicht haltbar – und sie werden in Zukunft mehr als durch bloß symbolisches Begünstigen einiger weniger Parteiungebundener aufbrechen. Denn die Übermacht sowohl des

Parteienstaates als auch des Verbändestaates setzt die grundsätzliche Hinnahme, setzt die passive Zustimmung der Betroffenen voraus. Wenn die Betroffenen zunehmend auch die bloße Akklamation verweigern, wird den Sauriern die Lebensgrundlage entzogen. Und deshalb schrumpfen sie – auf das in anderen europäischen Demokratien übliche Maß.

6. Waldheim in uns

Mit Kurt Waldheim wurde erstmals in der Geschichte der Zweiten Republik nicht der Kandidat der SPÖ in das Amt des Bundespräsidenten gewählt. Das war, das ist zwar ein bestimmter Akzent – aber insgesamt selbstverständliche demokratische Normalität.
Mit Kurt Waldheim wurde ein Österreicher zum Bundespräsidenten gewählt, dessen Beziehung zur NSDAP jedenfalls gerade in den entscheidenden Wochen und Monaten des Jahres 1938 unklar blieb. War er nur bei der Reiter-SA? Wurde für ihn oder hat er selbst um die Aufnahme in die NSDAP angesucht? Aber selbst wenn hier einiges unklar ist und bleibt – mit Kurt Kiesinger wurde ein gar nicht so wenig prominenter, ehemaliger Nationalsozialist 1966 Bundeskanzler der Bundesrepublik Deutschland, und dennoch wäre niemandem in den USA ernsthaft eingefallen, diesen (ehemaligen) Nationalsozialisten auf die Watch-list setzen zu lassen; und mit Karl Carstens wählte 1979 die Bundesversammlung der Bundesrepublik Deutschland einen Politiker in das Amt des deutschen Bundespräsidenten, der niemals ein Hehl daraus gemacht hatte, daß er – wie Kiesinger – Mitglied der NSDAP war. Dennoch wurde Carstens mit aller Freundschaft, als Staatsoberhaupt eines wichtigen Bündnispartners, in den USA willkommen geheißen.
Aber hat nicht Waldheim in seiner Biographie zumindest indirekt die Unwahrheit gesagt, hat er nicht, immer erst durch entsprechende Informationen der Öffentlichkeit dazu gezwungen, nur Schritt für Schritt seine Jahre auf dem Balkan zugestanden? Ja, aber: Würde Lügen Politiker von Ämtern ausschließen, welche Ämter wären dann noch zu besetzen? Und: Dürften nur solche Wählerinnen und Wählern Politikern die Unwahrheit vorhalten, die in ihrem »Privatleben« selbst niemals lügen – gäbe es dann Ankläger, die Waldheim seine »Lügen« vorhalten dürften?
Aber hat nicht Waldheim im Wahlkampf, 1986, mit dem bösen Wort von der »Pflichterfüllung« an die Grundlagen der Zweiten

Republik gerührt, die ihre Existenz eben nicht dieser »Pflichterfüllung« verdankt, sondern denen, die gegen die Pflichterfüller gekämpft haben? Gewiß – aber welcher Spitzenpolitiker von SPÖ oder ÖVP hat nicht, beginnend mit der Nationalratswahl 1949, immer wieder verbale Konzessionen an »Ehemalige« gemacht? Und waren es nicht auch Bundeskanzler beider Großparteien, die in Italien für die Begnadigung des »letzten österreichischen Kriegsgefangenen«, den Kriegsverbrecher Walter Reder, intervenierten?

Nein, kein einziger dieser Gründe, für sich genommen, kann erklären, warum die Debatte um Kurt Waldheim diesen Tiefgang, diese Bedeutung, diese Emotionalität provoziert hat. Waldheims Bedeutung ist eine andere – er paßt so schön in das durchschnittliche Verhalten durchschnittlicher Österreicher; er ist das Spiegelbild des Herrn Österreicher; und eben deshalb ist es so schmerzhaft, wenn – noch dazu vom Ausland – die häßlichen Züge ebendieses durchschnittlichen Österreichers unterstrichen werden.

Waldheim war, jedenfalls bis zum 11. März 1938, ganz gewiß kein Nationalsozialist. Diese Einstellung teilt er mit der Mehrheit der Österreicher – vor dem 11. März 1938. Waldheim war aber nach dem 11. März 1938 ganz bestimmt kein irgendwie aktiver, irgendwie erkennbarer, irgendwie hervortretender Gegner des nationalsozialistischen Regimes. Auch dieses Verhalten verbindet ihn mit der Mehrzahl seiner Landsleute. Und Waldheim versuchte, als unfreiwilliges Rädchen in der Kriegs- und Mordmaschine, genannt Großdeutsche Wehrmacht, vor allem am Leben zu bleiben. Auch diesen Willen zum Überleben teilt Waldheim mit dem Durchschnitt. Auch, daß Waldheim versuchte, Schreckliches möglichst nicht wahrzunehmen – wie etwa das »Verschwinden« der Juden aus der Stadt Saloniki, einer Stadt, in der sie immerhin die größte jüdische Gemeinde des Mittelmeerraumes gebildet hatten.

Vor Waldheims Augen wurden Zehntausende in die Vernichtungslager abtransportiert – organisiert und durchgeführt von deutschen Behörden, zu denen auch der Oberleutnant Kurt Waldheim gehörte. Aber: Wie viele Österreicher schrien damals auf, wie viele Berichte von Österreichern über die Vernichtung des europäischen

Judentums sind überliefert? Waldheim schloß die Augen – wie die meisten, die in einer ähnlichen Rolle wie er waren.
Und Waldheim wollte sich dann, ab 1945, nicht mehr erinnern. Weil er sich nicht erinnern wollte, verlor er auch die Erinnerung. Er verdrängte. Verdrängung – gerade das war ein typisch österreichisches Verhalten.
In einer Untersuchung mit dem Arbeitstitel »Schulddramatisierung der NS-Nachfolgegenerationen« schreibt Nadine Hauer über die Post-Waldheim-Generation:

> »Die verbreitetste Kommunikationsform UDW (Unterschwellig-Diffus, »Watte«) – das gilt für Österreich noch weit stärker als für die Bundesrepublik und in Österreich wieder vor allem für Wien – entspricht dem Mitläufer ... sie ist die Folge der in einer autoritären Staatsform und anschließenden Diktatur verständlichen ›Angst vor dem Sprechen‹ und war dort wahrscheinlich berechtigt, sogar sinnvoll.« *(Hauer, 59)*

Den Kommunikationstypus UDW beschreibt Hauer: »... passiv, ausführend, unterwürfig, ›unten‹, ausweichen, nicht-reden (nicht zu verwechseln mit nonverbal oder Gesprächsverweigerung ...), Andeutungen, ›Nebel‹, emotional oder emotionslos. Keine Orientierung möglich, unklar, mehrdeutig, alles stimmt und stimmt auch nicht, Halberklärungen, Halbzugeständnisse bei Gegenargumenten, die Interpretation bleibt dem anderen überlassen ...« *(Hauer, 36)*
Bei den Untersuchungen, wie fünf Jahrzehnte danach Österreicherinnen und Österreicher der »Nachfolgegenerationen« mit dem Phänomen Nationalsozialismus umgehen, stößt man also – gerade in Österreich – auf ein Verhalten, das doch ziemlich genau dem Verhalten Kurt Waldheims entspricht. Waldheim war, in bestimmter Weise, immer »Mitläufer« – Mitläufer im autoritären Ständestaat, Mitläufer bei der Großdeutschen Wehrmacht, Mitläufer im Diplomatischen Dienst, Mitläufer bei den Vereinten Nationen und nun österreichischer Bundespräsident.
Verständlich, daß er nicht verstehen kann; verständlich, daß er sich

zu Unrecht verfolgt glaubt – denn bis 1986 war es ihm immer möglich, sich anzupassen, sich der Mehrheitsströmung zuzuordnen, einzutauchen in die allgemeine, herrschende Befindlichkeit. 1986 wurde er herausgerissen – daß die Mehrzahl der österreichischen Wählerinnen und Wähler ihn »trotzdem« wählte, ist wohl nur ein schwacher Trost. Denn die Isolation, die Absperrung gerade von der westlichen Welt, der er sich doch angeblich so verpflichtet weiß, muß ihn – und mit ihm Österreich – sehr treffen.
Nadine Hauer beschreibt den »Mitläufer« so:

> »Für ›Mitläufer‹ bedeutet das: unterlassen, geschehenlassen, wegsehen oder ausschließlich passiv zusehen, weghören oder ausschließlich passiv zuhören, heraushalten, ... mit der Bemerkung ›Ich habe nichts *gemacht*‹, was im Grunde bedeutet: ›Du hast eben *nichts* gemacht‹.« *(Hauer, 65)*

Alle haben ihren »Fall Waldheim«. Für die ÖVP ist er Opfer einer Kampagne, die, von der SPÖ aus parteiegoistischem Interesse initiiert, mit Waldheim nur Österreich treffen will – Waldheim als Opfer rachsüchtiger »Kreise«, Opfer einer Medienjustiz, Opfer einer nach einem Täter rufenden, nicht an Gerechtigkeit orientierten, manipulierten Öffentlichkeit *(Khol u. a.)*.
Für viele Linke ist Waldheim hingegen ein williges Werkzeug des Nationalsozialismus, noch dazu ein Lügner, jemand, der Österreich und der österreichischen Demokratie Schaden und Schande zufügt *(Cohen, Rosenzweig)*. Waldheim wird – zumindest indirekt – in die Nähe von Kriegsverbrechern gerückt.
Sicher, er war nahe bei Kriegsverbrechen, und zwar sowohl örtlich als auch organisatorisch *(Born, Herzstein, Palumbo)*. Sicher, er hat es verabsäumt, klar und deutlich in einer Form Position zu beziehen, wie es etwa Richard von Weizsäcker gelingt. Und wenn Waldheim endlich einmal das Richtige sagt, dann ist es zu spät – dann verstärkt er nur noch den Eindruck, nicht aus Überzeugung, sondern aus Opportunismus zu reden.
Alle haben sie ihren »Fall Waldheim«. Die SPÖ und die ÖVP haben diesen »Fall«, weil sie die wichtigsten Akteure waren. Und ge-

rade diese beiden Fälle – der sozialistische Fall und der ÖVP-Fall – sind wohl die besonders unerfreulichen.
Denn welche Legitimation hat eine Sozialdemokratie, sich über Waldheim moralisch zu erheben, wenn eben diese Sozialdemokratie – als Regierungspartei – eine unendliche Kette von Verantwortung für die Förderung nationalsozialistischer Aktivisten hat, deren individuelle Schuld zweifellos weit über das hinausgeht, was Kurt Waldheim zu verantworten hat? Etwa im Bereich der Justiz – von sozialistischen Justizministern, gerade auch von Christian Broda, wurden Justizfunktionäre in die höchsten Ämter der Republik berufen, die persönlich für politische Todesurteile verantwortlich waren *(Bronner)*. Die SPÖ machte Blutrichter zu höchsten Repräsentanten der Republik, Blutrichter, die gerade diejenigen ermorden ließen, die für diese Republik eintraten. Und es war Bruno Kreisky, der sich 1975 schützend vor Friedrich Peter stellte, als Simon Wiesenthal es wagte, auf die freiwillige Mitgliedschaft eben Friedrich Peters bei einer SS-Mörderbrigade zu verweisen. Gemessen an der Tätigkeit der Einheit, der Friedrich Peter freiwillig angehörte, ist die Tätigkeit aller Einheiten, denen Waldheim unfreiwillig anzugehören hatte, harmlos zu nennen *(Unsere Ehre heißt Treue)*.
Aber welches Recht hatte die ÖVP, sich und ihren Kandidaten zum Opfer zu erklären? Eine Partei, die einen militanten und rassistischen Antisemiten zum ersten Nationalratspräsidenten der Zweiten Republik wählen ließ; eine Partei, in deren Parlamentsklub Jahrzehnte hindurch (noch immer?) das Bild des erfolgreichsten Gegners des österreichischen Parlamentarismus – nämlich das Bild Engelbert Dollfuß' – hing; eine Partei, die – der SPÖ in nichts nachstehend – Nationalsozialisten protegierte, für die das Eigenschaftswort »ehemalig« kaum Geltung beanspruchen konnte – wie etwa Taras Borodajkewycz *(Fischer)*? Nein, die ÖVP hatte tatsächlich allzu intensiv immer wieder die Grenzen zum Nationalsozialismus verwischt, um sich glaubhaft als »Opfer« fühlen zu können.

B. BEISPIELE

7. Leopold Kunschak: Eine österreichische Karriere

Leopold Kunschak starb am 13. März 1953. In einem Nachruf nannte ihn Theodor Körner, Bundespräsident und Sozialist, einen »altbewährten Kämpfer für Recht und Gesetz«, einen »treuen Verfechter seiner Weltanschauung und sozialer Gedanken, der seinen Grundsätzen unwandelbar treu« gewesen sei *(Stamprech, 135).*
Was waren diese Grundsätze, was diese Weltanschauung, der Leopold Kunschak in Monarchie und Republik, im autoritären Ständestaat und während der nationalsozialistischen Herrschaft so treu geblieben wäre? Wer war dieser Leopold Kunschak?
Leopold Kunschak war der Repräsentant des Arbeitnehmerflügels des christlich-konservativen Lagers, Schöpfer und »Führer« der Christlichen Arbeiterbewegung. 1871 geboren, erlernte Kunschak in Wien den Beruf eines Sattlers. In der Zeit, in der sich um Victor Adler die Sozialdemokraten sammelten und das »sozialistische Lager« bildeten, in der Karl Lueger und Karl Vogelsang aus verschiedenen Vereinigungen eine Bewegung, aus dieser die Christlichsoziale Partei und damit das christlich-konservative Lager konstituierten, war Kunschak in doppelter Hinsicht Vertreter einer Minderheit. Als aktiver Katholik war er Minderheit im proletarischen Milieu; und als Arbeiter entsprach er nicht den Vorstellungen von einem Christlichsozialen. Als Katholik bei den Arbeitern, als Arbeiter bei den Katholiken ein doppelter Abweichler – wie mutig war Leopold Kunschak?
1897 wurde Leopold Kunschak Obmann des Christlichsozialen Arbeitervereins. Bis zu seinem Tod blieb er die zentrale Figur der Christlichen Arbeiterbewegung, stand er für den Versuch, eine an Arbeiterinteressen orientierte Sozialpolitik mit einer bewußt katholischen Position, mit einer Position im christlich-konservativen Lager zu verbinden.
Von Anfang an war der Antisemitismus etwas, was für Kunschak, was für die Christliche Arbeiterbewegung typisch war. Und dieser

Antisemitismus verband die Christlichsozialen mit den Deutschnationalen, verband zum Beispiel Leopold Kunschak mit Ernst Vergani. Dessen Tageszeitung »Deutsches Volksblatt« war die führende antisemitische Stimme in Wien rund um die Jahrhundertwende. Kunschak arbeitete mit Vergani politisch zusammen – und es war nicht der Antisemitismus, sondern Verganis unbedingte Orientierung am Anschluß, die eine Entfremdung und schließlich Trennung herbeiführte. Vergani, einer der radikalsten Antisemiten Wiens, wurde von Kunschak noch 1937 offen gewürdigt:

> »Unerfahren im Vereinsleben, wendete ich mich an Ernst Vergani, dem Herausgeber der von ihm 1888 geschaffenen antisemitischen Tageszeitung ›Deutsches Volksblatt‹. Die Erklärung liegt darin, daß mir Vergani ob seines mutigen Unternehmens überaus sympathisch war.« *(Kunschak, 10)*

1937 war es noch möglich, sich als Christlichsozialer offen zum Antisemitismus zu bekennen – für den im Dezember 1945 zum Präsidenten des österreichischen Nationalrates gewählten Leopold Kunschak war dies nicht mehr opportun. Kunschaks militanter Antisemitismus war keineswegs, wie gelegentlich behauptet wird, bloß »wirtschaftlich« oder »religiös« motiviert. Kunschak war eindeutig rassistischer Antisemit, dessen Ablehnung der Juden keine Abschwächung durch soziales Mitleid kannte. In einer Ansprache in der Volkshalle des Wiener Rathauses am 9. Oktober 1919 richtete sich Kunschak gegen die Aufnahme jüdischer Flüchtlinge in Wien:

> »Niemand kann den Wienern zumuten, daß sie über ihr Können hinaus Opfer für landfremde Elemente bringen, daß sie ihre eigenen Volksgenossen, wie dies tatsächlich der Fall ist, zu Tausenden in den unglaublichsten Lebens- und Wohnverhältnissen belassen, während die Flüchtlinge von solchem Elende verschont sind. Das müßten schließlich die Flüchtlinge selbst einsehen, wenn sie eben nicht Juden wären, denen das Gefühl für die Not des Mitmenschen mangelt. Es soll da-

her auch heute von dieser Versammlung abermals die Forderung erhoben werden: Hinaus aus Wien mit den Flüchtlingen...!
Man kann ruhig die Behauptung aufstellen: Die Juden sind nicht nur die Not, sondern auch die Seuche unserer Zeit...
Eine der charakteristischsten Eigentümlichkeiten des Judentums ist sein maßloses Herrschaftsgelüste. Der Jude will nicht nur nicht arbeiten, er will auch nicht dienen; er fühlt sich als Herrscher, sein Ziel ist die Beherrschung der anderen Völker...
Christliches deutsches Volk, sieh dich vor, sonst wirst du aus deiner Sorglosigkeit erwachen als Sklave im Judenstaat.«
(»Christlichsoziale Arbeiterzeitung«, 18. Oktober 1919, 1 ff.)

In dieser Rede hatte Kunschak auch zwischen »anständigen« und nicht anständigen Juden unterschieden. Letztere waren diejenigen, die für Bolschewismus und Kommunismus und damit für den Tod von Millionen von Menschen verantwortlich waren.
Neben diesen entartetsten Repräsentanten des jüdischen Geistes gibt es auch solche Juden, die man als anständige bezeichnen darf. Doch auch diese kennen nur ein Ziel: »Die Herrschaft über das christliche Volk.« *(ebenda)*
Kunschak ließ, wie Adolf Hitler, den Juden keine Wahl: Sie konnten noch so anständig sein, sie waren schuldig; weil sie Juden waren.
Adolf Hitler hatte in »Mein Kampf«, neben Georg Schönerer, Karl Lueger als sein österreichisches Vorbild ausführlich gewürdigt. Der Antisemitismus Luegers, den Kunschak noch konsequenter als der populäre Bürgermeister von Wien vertrat, war tatsächlich ein Bindeglied zwischen den christlichsozialen und den immer nationalsozialistischer werdenden Deutschnationalen.
Da Judesein von Kunschak mit Schuldigsein gleichgesetzt wurde, war es nur konsequent, wenn sich Kunschak auch um Ausnahmegesetze kümmerte – im Vorgriff auf die Nürnberger Rassengesetze formulierte er 1919 einen Entwurf für ein Gesetz »Über die

Rechtsverhältnisse der jüdischen Nation«. Dieser Entwurf erreichte nie das Parlament, weil Ignaz Seipel Kunschak empfahl, mit der Einbringung des Entwurfes einen günstigeren Zeitpunkt abzuwarten. Zu Lebzeiten Seipels gab es offenkundig einen solchen Augenblick nicht – und so veröffentlichte Kunschak 1936 diesen Entwurf samt seiner Vorgeschichte und den Anmerkungen Seipels in einer Zeitschrift *(»Neue Ordnung«, 1936, 20ff.*, sowie *»Schönere Zukunft«, 1936, 12. Juli).*

Kunschak trat, wie die 1935 beschlossenen Nürnberger Gesetze, für eine konsequente Trennung der »jüdischen Nation« vom »deutschen Mehrheitsvolk« ein. Freilich: Anders als die Nürnberger Gesetze war für Kunschak Separation nicht gleichbedeutend mit der vollständigen Entrechtung der Juden – es sollte einen eigenen jüdischen Wahlkörper geben, und überdies war für bestimmte Bereiche (Wirtschaft, Bildung) ein die Juden begrenzender Numerus clausus vorgesehen. Kunschaks Gesetzentwurf war, verglichen mit seiner Rede von 1919, nahezu gemäßigt – sein Antisemitismus war nicht so konsequent biologisch, also rassistisch. Der Entwurf sah die Möglichkeit vor, daß Juden ihrem Schicksal des Schuldigseins durch Austritt aus der jüdischen Gemeinschaft entkommen konnten.

Kunschak, der konsequente Antisemit des christlich-konservativen Lagers, hatte also dennoch eine letzte Abgrenzung zum Antisemitismus nationalsozialistischer Prägung aufzuweisen. Kunschaks Weg wies nicht nach Auschwitz – doch die von Kunschak vertretene »christliche« Gesinnung half mit, die für Auschwitz notwendigen, atmosphärischen Voraussetzungen aufzubauen.

Davon war 1945 natürlich keine Rede. Kunschak wurde, nach der Unabhängigkeitserklärung Österreichs, neben Karl Renner zu einem Säulenheiligen der Republik. Denn Kunschak war, zweifellos, Gegner und Opfer des Nationalsozialismus. 1938 war er, für mehr als zwei Monate, von den Nationalsozialisten verhaftet worden *(Blenk, 207).* Nach dem 20. Juli 1944 wurde Kunschak wieder verhaftet *(Blenk, 209).* Und so schien es nur folgerichtig, wenn die Unabhängigkeitserklärung vom 27. April 1945 auch die Unterschrift Leopold Kunschaks aufwies – »Für den Vorstand der Christlichsozialen Volkspartei bzw. nunmehr Österreichische Volkspartei.«

Kunschak war bereits 74 Jahre alt. Er wurde Ehrenobmann der ÖVP und Präsident des 1945 gewählten Nationalrates. Er wurde geehrt – nicht zuletzt von den Sozialisten, die in ihm einen Kritiker des Dollfuß-Kurses sahen. Denn Kunschak hatte in einer Rede im Wiener Gemeinderat am 9. Februar 1934 – freilich in sehr allgemein gehaltenen Worten – zur Versöhnung gemahnt:

> »Gebe Gott, daß sich die Zerrissenheit des Geistes und der Seele von unserem Volk und seinen Führern bald hebe, ehe Volk und Land an Gräbern steht und weint.« *(Blenk, 181)*

Diese generellen Worte zur Versöhnung genügten, um Kunschak zu einem Mann des Ausgleichs, der Verständigung, eben der elitären Demokratie der Zweiten Republik zu machen. Und niemand schien von Kunschak Rechtfertigung dafür zu verlangen, daß er Jahrzehnte hindurch antisemitischen Ungeist verbreitet hatte. Kunschak war sich offenkundig keiner Verantwortung bewußt. In einer Rede im Dezember 1945, mit der er sein Amt als Präsident des Nationalrates antrat, führte Kunschak aus:

> »Ein Jahrzehnt schlimmster Erfahrungen und Erlebnisse haben wir hinter uns. Es war, als ob die Sonne in ewige Finsternis versunken wäre. Wir sehnten den Tag herbei, an dem ein erster Lichtstrahl wieder über unser Vaterland und unser Volk fallen würde. Das ist nun geschehen. Wir erleben heute einen Freudentag erster Ordnung, einen Freudentag, der sich tief eingraben wird nicht nur in die Herzen derer, die wir hier versammelt sind, sondern auch in die Herzen des ganzen österreichischen Volkes, ein Freudentag, weil nun endlich wieder die Zeit gekommen ist, in der das Volk durch seine Vertretung über sein Schicksal entscheidet.
> Wir wollen uns die Freude daran auch nicht selbst vergällen durch eine ausführliche Rückschau auf das, was wir in dem

abgelaufenen Jahrzehnt erlebt haben ... Uns geziemt es, fest und unbeirrt unseren Blick in die Zukunft zu lenken.« *(Stamprech, 130 f.)*

Nur nicht zurückschauen – und nur nicht daran denken, daß aus diesem österreichischen Volk etwa 200 000 Menschen verschwunden waren; als Juden. Nur nicht daran erinnern, daß die Vertreibung der Juden durchaus dem Geist entsprochen hatte, den Kunschak 1919 in seiner Rede im Wiener Rathaus beschworen hatte. Nur nicht daran rühren, daß die Ermordung eines großen Teiles dieser österreichischen Juden nur ein weiterer Schritt in die Richtung war, für die auch Leopold Kunschak Verantwortung zu übernehmen hatte.

Kein Blick zurück – immer nur voraus, in die Zukunft: Das war das Motto der »Stunde Null«, des Jahres 1945. Nur nicht nach Verantwortlichkeit oder gar Schuld fragen – die Antworten wären zu unbequem gewesen. Denn die Antworten hätten ergeben müssen, daß es nicht »die Deutschen« waren, nicht einmal nur »die Nationalsozialisten«. Verantwortlichkeit und Schuld lagen auch bei Männern, die sich – subjektiv zu Recht – als Opfer des Nationalsozialismus fühlen konnten. Verantwortlichkeit und Schuld lag auch bei denen, die 1945 sich als Staatsgründer betätigten, die daran gingen, dem wiederhergestellten Österreich eine demokratische Verfassung und eine demokratische Wirklichkeit zu geben.

Daß Männer wie Leopold Kunschak zu Säulenheiligen der Zweiten Republik erklärt wurden, war offenkundig eine Voraussetzung für die allzu bequeme Annahme von der »Stunde Null«. Franz Bauer, später Landesparteiobmann der ÖVP Wien und Volksanwalt der Republik, arbeitete an dieser Erhebung Leopold Kunschaks zur Ehre der Altäre:

»Fast immer hatte er, der charakterfeste und lautere Arbeitervertreter, mit den Widerwärtigkeiten des politischen Lebens, auch mit seinen manchmal ungeheuerlichen Verlockungen zu kämpfen. Immer versuchte er diese Kämpfe fair auszutragen, immer war er derjenige, der im demokratischen Geiste erzieherisch zu wirken sich bemühte.« *(Bauer, 152)*

Fair? Wurden auch die Juden Wiens befragt? Erzieherisch? Auf welches Ziel hin?
Kunschak war erzieherisch – er half mit, den Geist des hetzerischen, brutalen Antisemitismus im christlich-konservativen Lager am Leben zu erhalten; er wirkte mit, daß Christlichsoziale und Nationalsozialisten im Wettbewerb standen, welche Partei, welche Bewegung nun den besseren, den »wahren« Antisemitismus vertrat.
Leopold Kunschak war ein Antisemit, er war einer der radikalsten und entschiedensten. Doch das paßte nicht in das hagiographische Bild, das die Zweite Republik von diesem Manne zeichnen wollte, der zu den Vätern dieser Republik zählte. Die Zweite Republik machte sich frei von ihren historischen Wurzeln, frei von der historischen Wahrheit – indem sie Antisemiten wie Leopold Kunschak frei vom Antisemitismus machte. Bezeichnend, daß in der von Franz Bauer verfaßten Dissertation aus dem Jahr 1950 das Thema Antisemitismus praktisch ausgeklammert blieb – Unbequemes sollte nicht dem Willen zum »Wiederaufbau« entgegenstehen.
Überhaupt: der »Wiederaufbau«. Was sollte wiederaufgebaut werden? Die politischen und gesellschaftlichen Verhältnisse von 1934, oder die zwischen 1934 und 1938, oder gar die Zustände einschließlich der sieben Jahre nationalsozialistischer Gewaltherrschaft? Allein die Terminologie des »Wiederaufbaues« entlarvt die Jahre nach 1945 als Jahre des Ausklammerns, als Jahre intellektueller Bequemlichkeit.
Zu den Voraussetzungen des Aufbaues der Zweiten Republik, der Demokratie zählte offenkundig, daß keine unbequemen Fragen gestellt wurden. Denn die unbequemen Fragen hätten nicht nur Karl Renner und Leopold Kunschak betroffen – mit diesen Männern wären auch die beiden großen Lager in die Verantwortung gezogen worden, die, mit der bald völlig unbedeutenden KPÖ, für den Neubeginn von Demokratie und Republik standen.
Fragen, das war 1945 unliebsam – und deshalb wurde der Blick

nach vorwärts gerichtet, wurde die Philosophie des Wiederaufbaues verkündet. Alles andere hätte zu vielen Österreicherinnen und Österreichern zuviel Schmerz bereitet.
Und so mußten die unliebsamen Fragen aufgeschoben, mußte der kritische Rückblick einer neuen Generation vorbehalten bleiben. Letztendlich erst mit der Auseinandersetzung rund um Kurt Waldheim wurde das ins Bewußtsein gerückt, was eigentlich schon 1945 fällig geworden wäre – eine öffentliche Auseinandersetzung mit der österreichischen Verantwortung an dem Massenmorden, das unter nationalsozialistischen Vorzeichen stattgefunden hatte.

8. Karl Renner: Noch eine österreichische Karriere

Karl Renner starb in der Nacht vom 31. Dezember 1950 auf den 1. Jänner 1951. Mit ihm starb der »Pater patriae«, der zweifache Gründer der Republik. Zu seinem 80. Geburtstag, den er am 14. Dezember 1950 kurz vor seinem Tod feiern konnte, hatte die Bundesregierung – vertreten durch Leopold Figl und Adolf Schärf – in Karl Renner einen »nimmermüden Baumeister« gelobt, »der die Pläne entwarf und der das Recht und den inneren Frieden zu den festen Fundamenten machte, auf denen den Österreichern eine neue selbständige Heimstätte erwuchs« *(Renner 1950, 3).*

Karl Renner hatte ein bewegtes Leben hinter sich, als er im April 1945 daranging, in Kooperation mit der Roten Armee und mit Josef Stalin persönlich die politischen Strukturen für das befreite Österreich zu gestalten.

Renner war bis 1918 ein Vertreter der »österreichischen« Linie der Sozialdemokratie – orientiert an Gedanken eines demokratischen Umbaues des alten, halbdemokratischen Österreich in die Vereinigten Staaten von Groß-Österreich. Gleichzeitig war er aber auch schon deutschnational – insbesondere im Laufe des Ersten Weltkrieges artikulierte sich Renner deutschbetont, deutschbewußt, deutschorientiert.

1918 war er, Provisorischer Staatskanzler der Republik Deutsch-Österreich, ein Mann des Anschlusses; freilich verstand er es, sich den Wünschen der Siegermächte anzupassen; und, unter Protest, den Staatsvertrag von St-Germain zu unterzeichnen. Als »gemäßigter« Sozialdemokrat hatte er seine Verbindungen zu den ab 1920 gegen die Sozialdemokratie regierenden Christlichsozialen. Und als er, der letzte Präsident des frei gewählten Nationalrates, 1934 verhaftet wurde, betonte er seine Ablehnung jedes Anschlusses an das nationalsozialistisch gewordene Deutschland. Auch 1937, in Frankreich, machte er sich für eine gegen den Anschluß

gerichtete Politik stark – er war Befürworter einer Kooperation mit den anderen, kleineren Staaten des Donauraumes *(Pelinka 1989).*
Das alles hinderte Renner nicht, im April 1938 für den gewaltsam herbeigepreßten, aber von sehr vielen Österreicherinnen und Österreichern bejubelten Anschluß Propaganda zu machen; auch nicht im November 1938 das von Hitler und Mussolini arrangierte Münchner Abkommen in höchsten Tönen zu loben:

> »Die vorliegende Arbeit war beendet und dem Druck übergeben, als im dramatischen Ablauf einiger Wochen durch die beispiellose Beharrlichkeit und Tatkraft der deutschen Reichsführung, vereint mit weitblickender Staatsklugheit der Regierung Großbritanniens, unter opferbereiter Selbstüberwindung Frankreichs und heroischer Verzichtleistung der Tschechoslowakei, mit dem vermittelnden Beistand Italiens, ohne Krieg und Kriegsopfer, sozusagen über Nacht, das sudetendeutsche Problem volle Lösung fand ... Nur so war es möglich, daß die Münchner Vereinbarungen Sühne schufen ohne Krieg, eine neue Ordnung ohne blutige Opfer: Die Tetrarchie der abendländischen Großmächte hat anstelle des Völkerbundes gehandelt. Es ist sehr möglich, ja wahrscheinlich, daß diese Tatsache den Ausgangspunkt einer neuen weltpolitischen Entwicklung bietet.« *(Renner 1938, Vorwort und Nachwort)*

Während Renner also die durch die Appeasement-Politik ermöglichten Erfolge Hitlers und dessen Weitblick pries, waren österreichische Sozialdemokraten – mit anderen Gegnern des Nationalsozialismus – bereits in den Konzentrationslagern verschwunden; wurden tschechoslowakische Gegner des Regimes, auch und vor allem sudetendeutsche Linke, verfolgt; mußten österreichische und tschechoslowakische Juden in das Exil.
Diese Lobpreisung verhinderte nicht, daß Renner im April 1945 der Mann der Stunde, auch der Mann Stalins war. Und er war auch und vor allem ein Mann des Schlußstriches, der »Stunde Null«.
Anders als bei Kunschak ist von Renner keine Geste, kein Wort des

Antisemitismus überliefert. Renner war – für Sozialdemokraten seiner Generation keineswegs selbstverständlich – kein Antisemit. Ihm fehlte jedoch offenkundig jede Sensibilität für dieses Thema. In seinen zahlreichen Werken finden sich keine Analysen, ja nicht einmal eine versuchte Auseinandersetzung des bzw. mit dem Antisemitismus.

Dieser Mangel an Sensibilität ist überdeutlich, wenn man Renners Verhalten als Provisorischer Staatskanzler und als erster Bundespräsident der Zweiten Republik beobachtet. Renner hatte offenkundig mehr Verständnis für die »kleinen Nazis« als für die vertriebenen Juden. Das Protokoll der 28. Kabinettsratssitzung vom 29. August 1945 verzeichnet folgende Wortmeldung Renners:

> »Ich finde, daß wir in bezug auf die Behandlung des Naziproblems in eine kritische Situation kommen. Ich will nicht behaupten, daß ich damit recht habe, aber die Sache ist nach meinem Gefühl doch so, daß all diese kleinen Beamten, diese kleinen Bürger und Geschäftsleute bei dem seinerzeitigen Anschluß an die Nazis gar nicht weittragende Absichten gehabt haben – höchstens, daß man den Juden etwas tut –, vor allem aber nicht daran gedacht haben, einen Weltkrieg zu provozieren.« *(Knight, 114)*

Renner äußerte sich, wenige Wochen nach der Kapitulation der Großdeutschen Wehrmacht, in aller Form ganz eindeutig: Der Tat-Antisemitismus der Nationalsozialisten wurde zum Kavaliersdelikt; die kleinen Nazis hätten ja keine weittragenden Absichten gehabt – »höchstens, daß man den Juden etwas tut«.

Renner ging mit dem österreichischen Antisemitismus ganz nüchtern um. Im Februar 1946, bereits Bundespräsident, sprach er vor dem Palästina-Komitee über die Zukunft der Juden in Österreich:

> »Nun ist dies alles vorbei – 1945 ist der endgültige und völlige Untergang des alten österreichisch-ungarischen Reichs. Mit ihm ist auch die Grundlage des jüdischen Handels verschwun-

> den. Die meisten Juden sind vernichtet und ihr Eigentum in ganz Osteuropa als deutsches Eigentum beschlagnahmt worden. Unter russischem Einfluß werden nun verstaatlichte Volkswirtschaften aufgebaut, die jüdischen Familienfirmen keinen Platz einräumen werden. Und selbst wenn es Platz gäbe, ... glaube ich nicht, daß Österreich in seiner jetzigen Stimmung Juden noch einmal erlauben würde, diese Familienmonopole aufzubauen. Sicherlich würden wir es nicht zulassen, daß eine neue jüdische Gemeinde aus Osteuropa hierher käme und sich hier etablierte, während unsere eigenen Leute Arbeit brauchen.« *(Knight, 60 f.)*

Der Provisorische Staatskanzler und der erste Bundespräsident der Zweiten Republik hatte offenkundig mehr Probleme, seine »eigenen Leute« gegen »Juden« zu verteidigen, als eine offensive Auseinandersetzung mit den österreichischen Wurzeln des Nationalsozialismus zu führen. Für Renner war nicht der Antisemitismus, für ihn waren die Juden das Problem. Juden zählten nicht zu »unseren eigenen Leuten«; und die »Stimmung« der eigenen Leute war nun einmal so, daß Juden möglichst nicht wiederkommen sollten.
Renner war der entscheidende Repräsentant einer entscheidenden Weichenstellung am Beginn der Zweiten Republik: Die Vertriebenen wurden nicht nur nicht zur Rückkehr nach Österreich eingeladen; es wurde auch ganz offen argumentiert, daß sie grundsätzlich nicht willkommen seien. Zwar wurde Antisemitismus geleugnet – aber Renner registrierte (im Februar 1946!) eine »jetzige Stimmung«, die es »Juden« eben nicht erlauben würde, »Familienmonopole« aufzubauen.
Juden sind Händler; Juden bauen Familienmonopole auf; Juden haben daher kein Recht auf Rückkehr, auch kein Recht auf Rückgabe des geraubten Eigentums; und wenn es einen Antisemitismus gibt, dann sind Juden daran schuld.
Die Juden sind am Antisemitismus schuld – diese Einstellung ist eine die ganze Zweite Republik durchlaufende Denkform. Sie war, zum Beispiel, bei der Auseinandersetzung zwischen Bruno Kreisky

und Simon Wiesenthal von wesentlicher Bedeutung *(van Amerongen).*
Es geht bei der Beurteilung der Persönlichkeit Karl Renners nicht einfach um den Vorwurf des Opportunismus. Es geht auch nicht darum, Renner Sympathien für den Nationalsozialismus vorzuwerfen. Es geht um eine eigenartige Neigung zur Flucht aus der Geschichte. Und diese Neigung Renners ist auch die Neigung der Zweiten Republik.
Renner war immer versucht, sich mit den jeweils herrschenden Kräften zu arrangieren: bis 1918 mit den immanenten Reformkräften der Monarchie; 1918 und 1919 zunächst mit der Anschlußorientierung, dann mit der Entente. 1933 und 1934 bot er sich den zur Diktatur entschlossenen Repräsentanten der Christlichsozialen und des Heimatschutzes als »gemäßigter« Sozialdemokrat an, der Polizei des autoritären Ständestaates als Befürworter einer gegen den Nationalsozialismus und gegen den Anschluß gerichteten Politik. 1937 grenzte er sich abermals gegen einen Anschluß an das nationalsozialistische Deutschland ab – nur um dann, 1938, den bereits vollzogenen Anschluß uneingeschränkt zu bejahen. 1945 war er schließlich, Resultat der weltpolitischen Entwicklung, wieder auf dem Boden eines unabhängigen Österreich, ja einer eigenständigen österreichischen Nation.
Eben deshalb kann Renner von nahezu allen Kräften beansprucht werden – von denen, die eine Mitteleuropa-Idee neu entdecken, wird Renner als Mann einer Konzeption der Donauföderation zitiert; von solchen, die eine spezifische nationale Identität Österreichs vertreten, wird der Renner in den Mittelpunkt gerückt, der die Idee einer österreichischen Nation vertrat; und Deutschnationalen wird er immer der Mann der Anschlußpolitik und der Anschlußpropaganda sein. Renner ist für Sozialdemokraten der Repräsentant einer besonderen Richtung innerhalb des Austromarxismus, er ist aber auch tendenziell rechtsextremen Deutschnationalen ein Kronzeuge für den »deutschen« Charakter des Landes.
Renner verkörpert, ähnlich wie Kunschak, die österreichische Ten-

denz zur Versöhnung von Gegensätzen durch Vernachlässigung der Ursachen. Renner war der große Mann des Kompromisses: Er schlug 1917 die theoretische Brücke zwischen Sozialdemokratie und Staat *(Renner 1917).* Er war auch, selbst Funktionär der k. u. k. Regierung und möglicher Kandidat für ein Ministeramt, 1918 als erster republikanischer Regierungschef der Mann, den sowohl die unbedingten Anhänger des Anschlusses an Deutschland als auch die Skeptiker dieses Weges akzeptieren konnten. 1933 wiederum bemühte er sich, abermals theoretisch und praktisch, um einen Kompromiß zwischen den Faschismus-Tendenzen der Regierung Dollfuß und der sozialdemokratischen Opposition – ebenso wie er 1938 sich als »Brückenbauer« zwischen Nationalsozialismus und Sozialdemokratie betätigte. 1945 schließlich wurde er zur Integrationsfigur, die zwischen stalinistischen Kommunisten und dem neu konstituierten, christlich-konservativen Lager vermitteln und verbinden konnte.

Auch Kunschak war ein Verbinder, Vermittler; er vermittelte zwischen den Anliegen der Arbeiterschaft schlechthin und den beharrenden Mächten; er sorgte dafür, daß die konservativen Kräfte in Österreich eine sozialpolitische Sensibilität entwickelten.

Renner und Kunschak überwanden bestimmte Gegensätze – indem sie andere verschwiegen, verdrängten. Es ist bezeichnend, daß beide, obwohl nicht nationalsozialistisch infiziert, in ihrer Politik der allgemeinen Versöhnung und Umarmung den mörderischen Charakter des Nationalsozialismus herunterzuspielen trachteten. Und es ist dann nur logisch, daß der Antisemitismus, daß der Judenhaß des Nationalsozialismus – eben das Merkmal, das den Nationalsozialismus so spezifisch macht – tendenziell relativiert, ja vergessen gemacht wurde.

Kunschaks Antisemitismus und Renners fehlende Sensibilität für Antisemitismus stehen für die Grundlagen der Zweiten Republik: »Wir« bauen auf der Fiktion einer »Stunde Null«, und dazu gehört auch, daß wir andere – zum Beispiel Juden, die nicht zu »uns« gehören – einfach unbeachtet lassen. Renner und Kunschak haben wesentlich dazu beigetragen, daß in Österreich ein Problem des Antisemitismus kaum, ein »jüdisches Problem« jedoch sehr wohl wahrgenommen wird *(Knight, 162–170).*

Bezeichnend und wichtig für diese Haltung ist, daß die österreichische Sozialdemokratie, daß mit Karl Renner ihr wichtigster Repräsentant 1945 und danach, wenig oder gar kein Interesse zeigten, diejenigen Politiker und Aktivisten der Partei aus dem Exil zurückzuholen, die wegen ihres Judentums 1938 besonders gefährdet waren und daher die von Renner, Schärf und Helmer wahrgenommene Option einer »inneren Emigration« nicht wahrnehmen konnten. Mit wenigen Ausnahmen, zu denen Bruno Kreisky zählte, wurde den jüdischen Exilanten die Rückkehr nach Österreich nicht nur nicht erleichtert, es wurde ihnen sogar gedeutet, daß sie eigentlich unerwünscht seien – Julius Deutsch, Otto Leichter und Josef Hindels sind dafür drei Beispiele *(Hindels).*

Die Zweite Republik baute daher nicht auf einem Kompromiß, der die mit größter Sprengkraft ausgestatteten Konflikte ausgeräumt hätte; die Zweite Republik hatte diese Konflikte nicht gelöst, sondern ganz einfach ignoriert. Die österreichische Identität des Jahres 1945 und der Jahre danach war die Identität des Nicht-sehen-Wollens, des Nicht-sehen-Könnens.

9. Gerszon Kupferblum: Ein österreichisches Schicksal

Gerszon Kupferblum starb im Sommer 1970. Er, der Österreicher und Jude, war zum Symbol der Auseinandersetzung zwischen einer nationalsozialistisch geprägten Justiz und dem Rechtsstaat geworden – einem Rechtsstaat, dessen Michael Kohlhaas eben Gerszon Kupferblum geworden war.

Gerszon Kupferblum war ein Ärgernis, eine Provokation für die Republik Österreich:

- für eine Justiz, die ihre Hauptaufgabe in der Unterdrückung aller Abweichungen, jedes Andersseins sah;
- für die Nationalsozialisten, die schon lange in dieses Österreich und vor allem in seine Parteien integriert waren – Kupferblum hatte sie daran erinnert, daß die ehemaligen NS-Richter, NS-Staatsanwälte, NS-Polizisten, NS-Psychiater sich weniger an die demokratische Republik angepaßt hatten als vielmehr diese an die NS-Richter, NS-Staatsanwälte, NS-Polizisten, NS-Psychiater;
- für die Politiker, die es sich um eines Juden willen doch nicht mit der Masse ihrer vom Nationalsozialismus geprägten Anhänger verscherzen wollten.

Und doch war der lästige Querulant Kupferblum, der vorbestrafte Jude, in Österreich zu einer moralischen Instanz geworden. Als 1969 das Bundesministerium für Justiz sich anschickte, einen der noch aktiven NS-»Blutrichter« in eine Spitzenfunktion zu berufen, kam ein hoher Richter zu Kupferblum. Ein Österreicher, dem vor dem echten Österreichertum graute, das Blutrichter befördern wollte. Er, Kupferblum, könnte doch hinter den Kulissen gegen den Schaden intervenieren, daß ein Richter, der bis 1945 die Gegner des Nationalsozialismus vom Leben in den Tod befördern half, zu den Spitzen in der Justiz eines demokratischen Rechtsstaates aufsteigen dürfe *(»Neues Forum«, Heft 200/201, August/September 1970, 829).*

Kupferblum intervenierte. Für das demokratische, gegen das echte Österreich. Mehr als ein Jahrzehnt vor dieser Intervention hatte ihn dieses echte Österreich – die österreichische Justiz – inhaftiert. 14 Monate lang. Ungerechtfertigt.
Kupferblum hatte die unangenehme Eigenschaft, den Rechtsstaat beim Wort zu nehmen. Also mußten einige besonders eifrige Hüter des Rechtsstaates gegen ihn vorgehen. Zur Wahrung des Ansehens der Justiz nahmen diese Hüter des Rechtsstaates des Adolf Hitler und der demokratischen Republik Österreich den lästigen Kupferblum ausgiebig in Haft.
Der Jude wurde eingesperrt.
Die Geschichte ist kompliziert und gleichzeitig eindeutig *(Zerbs).*
Kupferblum wurde 1955 wegen eines Wirtschaftsdelikts strafrechtlich verurteilt. Zu Unrecht, wie er meinte. Weshalb er gegen das Urteil des Landesgerichtes für Strafsachen Wien ein ordentliches Rechtsmittel einlegte. In dem Schriftsatz führte er aus, weshalb das Verfahren gegen ihn nichtig gewesen sei: Seine Verhaftung sei rechtswidrig erfolgt, der Untersuchungsrichter habe die Untersuchungshaft rechtswidrig verhängt, der Prozeß sei mit unerlaubten Mitteln (Drohungen, Versprechungen, Anschreien) erfolgt. Überdies: Richter und Staatsanwalt seien befangen gewesen – als ehemalige NS-Juristen seien sie gegenüber einem jüdischen Angeklagten nicht frei von Vorurteil gewesen.
Kupferblum dachte zu vernünftig. Vernünftig wäre es gewesen, diese Beschuldigungen zu überprüfen. Doch gerade das sollte und durfte nicht geschehen.
Diese Beschuldigungen, in einem ordentlichen Schriftsatz der Rechtsmittelinstanz zur Kenntnis gebracht, führten zur Einleitung eines Verfahrens gegen Kupferblum – wegen des »Verbrechens der Verleumdung und des Vergehens der falschen Verdächtigung«. Treibende Kraft war derselbe Staatsanwalt, dessen Befangenheit Kupferblum behauptet hatte. Dieser NS-Staatsanwalt brachte das zweite Verfahren gegen Kupferblum ins Rollen.
Groteske Nummer 1: Wer gegen ein Urteil Rechtsmittel einlegt und begründet, warum er sich zu Unrecht verurteilt fühlt, wird we-

gen dieser Begründung von den Behörden verfolgt. Ein rechtsstaatliches Mittel wird zum Delikt erklärt.
Groteske Nummer 2: Derselbe Staatsanwalt, der nach Ansicht Kupferblums befangen war, ermittelte in eigener Sache gegen Kupferblum; und der Staatsanwalt fühlte sich abermals nicht befangen.
Groteske Nummer 3 begann am 15. Juni 1956. Kupferblum wurde verhaftet. Der Grund für die Untersuchungshaft: Das Landesgericht für Strafsachen Wien nahm eine »Wiederholungsgefahr des Verbrechens der Verleumdung« an. Man sah eine Gefahr darin, daß Kupferblum weiterhin von rechtsstaatlichen Mitteln Gebrauch machen könnte. Daher sperrte man ihn vorsorglich ein. Sicherheitshalber auf die Dauer von 14 Monaten. Am 21. August 1957 wurde die Untersuchungshaft aufgehoben und das Verfahren eingestellt. Eine öffentliche Verhandlung hatte nicht stattgefunden, es war nicht einmal zur Erhebung der formellen Anklage gekommen. 14 Monate Untersuchungshaft, begründet mit der »Wiederholungsgefahr des Verbrechens der Verleumdung«, begangen durch Rechtsmittel.
Kupferblums Haftbeschwerde hatte nichts geholfen. Die Ratskammer des Landesgerichtes für Strafsachen Wien stellte in ihrer Ablehnung der Beschwerde fest, die Aufmerksamkeit, die der Fall Kupferblum in der Öffentlichkeit erregen könne, rechtfertige die Aufrechterhaltung der Untersuchungshaft. Presseberichte über die Angelegenheit seien geeignet, »das Vertrauen in die österreichische Rechtsprechung im gesamten zu erschüttern«. Damit nichts erschüttert werde, blieb Kupferblum in Haft.
Er saß 14 Monate. Ohne Verhandlung. Eine solche lag nicht im Interesse der unbefangen befangenen Justizbehörden. Denn in einer Verhandlung hätte man sich mit den Behauptungen Kupferblums meritorisch auseinandersetzen müssen. In aller Öffentlichkeit. Dann hätte man die Frage anschneiden müssen, ob nationalsozialistische Richter und Staatsanwälte, die der NS-Mordmaschine brav gedient hatten, zehn Jahre danach gegenüber den dieser Maschine zufällig Entkommenen auch objektiv sein können.
Doch die Justiz fand einen echt österreichischen Ausweg. Man

psychiatrierte Kupferblum. Selbstverständlich war der gerichtlich beeidete Psychiater ein ehemaliger Nationalsozialist. Die Justiz ließ sich vom Psychiater bestätigen, daß Kupferblum ein Querulant sei. Daraufhin stellte das Gericht fest, daß die subjektiven Voraussetzungen nicht gegeben seien. Und Kupferblum ging frei. Nach 14 Monaten. Selbstverständlich ohne Haftentschädigung.
Über ihm stand die stille Drohung, daß er sofort wieder verhaftet würde, sollte er in einem Rechtsmittel nochmals die ungeheuerliche Behauptung aufstellen, die in die österreichische Justiz integrierten NS-Staatsanwälte und NS-Richter seien gegenüber jüdischen Angeklagten befangen. Sollte der Jude nochmals solches behaupten, könnte man den Juden wieder einsperren. Öffentliche Verhandlungen verstand man ja zu umgehen. Wer nicht pariert, wird eingesperrt. Rechtsstaat? Öffentlichkeit? Doch nicht für Kupferblum. Für jemanden, der anders ist, der von der Norm und vom echten österreichischen Weg abweicht. Der eine krumme Nase und keine Ehrfurcht vor NS-Juristen hat.
Die groteskeste Groteske ist das Gutachten des NS-Psychiaters: Der zweite Satz des Gutachtens lautet:

> »Der A. (Angeklagte – obwohl Kupferblum in diesem Verfahren gar nicht Angeklagter, sondern Beschuldigter war; A. P.) hat sich im Sinn eines Betruges und neuerdings im Sinn der §§ 321, 209 StG der Verleumdung schuldig gemacht.« *(Zerbs, 158)*

Der Psychiater, der einen Untersuchungsgefangenen vor sich hat, gegen den noch gar keine Anklage erhoben ist, spricht das Urteil. Kupferblum ist des Verbrechens der Verleumdung schuldig. Nach dem Willen und dem Spruch des NS-Psychiaters.

> »Schon 1955 hatte der A. Kritik an den Gerichten geübt. Er sprach vom Sammeln aller Fälle in einem Akt wie bei einer Verschwörung ... Sprach davon, daß ein objektiver ordentlicher Richter ihn nicht in Haft behalten würde. Er sprach von typischer Verzögerungstaktik, um ihn unter Druck zu halten

und von ihm ein Geständnis herauszuholen. Kurz, der A. gebärdete sich bereits seit Jahren in einer überheblichen Weise, die gemeinhin als Querulanz bezeichnet wird.« *(Zerbs, 161)*

Wer Kritik an den Gerichten übt, muß ein Querulant sein. Die Vorstellungen des echt österreichischen NS-Psychiaters zeichnen sich durch Prägnanz und Einfachheit aus.

»... habe sich in Palästina eine kleine Landwirtschaft in Pacht genommen ... Er habe von eintägigen Entenküken in sechs Wochen Zweikiloenten gezüchtet. Auch dieses Hobby wirft wieder, wie hinzugefügt werden darf, ein Licht auf die Motivationen und Interessen des A., der sich offenbar vorwiegend darauf beschränkte, möglichst rasch und ohne besondere Anstrengung und Arbeit möglichst viel zu verdienen. Nämlich Motive rein materieller und geschäftlicher Natur.« *(Zerbs, 163 f.)*

Wer Enten züchtet, muß ein Materialist sein. Vor allem dann, wenn er es in Palästina macht. Der Jude. Juden sind habgierig.

»Er sei dann als einfacher Soldat an die Afrikafront nach Tobruk gekommen. Bei El-Alamein sei er nicht mehr dabeigewesen, leider. Da habe er schon eine ›verantwortliche‹ Stelle gehabt. Er scheint es also auch damals verstanden zu haben, sehr rasch einen möglichst bequemen Posten zu kriegen.« *(Zerbs, 164)*

Kupferblum war vor den Freunden seiner Ankläger, seiner Richter und seines Psychiaters 1939 von Polen nach Palästina geflohen. Die meisten seiner Angehörigen wurden von Parteigenossen seines Psychiaters ermordet. Ein Dutzend Jahre später hält ihm der NS-Psychiater vor, er wäre ein nur auf den eigenen Vorteil bedachter Mensch, weil er zwar noch in Tobruk, aber nicht mehr in El-Alamein an der Front war. Der Jude. Juden sind feig.
Über Querulanten, vor allem jüdische, weiß der NS-Psychiater Bescheid: »Diese Menschen sehen keinen Grund, auf andere Rücksicht zu nehmen. Sie sind geistesgegenwärtig und scharf in ihrer

Argumentation und sind imstande, einen Streit vom Zaun zu brechen, nur um zu beweisen, daß sie recht haben.« *(Zerbs, 168)*
Ob Kupferblum recht oder unrecht hat, ist uninteressant. Aber geistesgegenwärtig und scharfsinnig ist er. Der Jude. Juden sind rücksichtslos.
Und so bewältigte die österreichische Justiz den Fall Kupferblum. Ein wahrhaft ideal kooperierendes Team von (ehemaligen) Nationalsozialisten schaffte es, das Vertrauen der Bevölkerung in die Justiz aufrechtzuerhalten. Die Methode: Man sperre einen Juden 14 Monate in Untersuchungshaft, ohne Anklage zu erheben, ohne es zur öffentlichen Verhandlung kommen zu lassen; dann erkläre man den Juden amtlich zum Querulaten; und dann lasse man ihn laufen, freilich mit der unausgesprochenen Drohung einer weiteren, ebenfalls unbeschränkten Untersuchungshaft. Den Juden. Den man ohne Urteil schuldig gesprochen hatte. Durch einen Psychiater.
Der Rechtsstaat war gerettet.

10. Heinrich Gross: Ein anderes österreichisches Schicksal

Der nationalsozialistische Psychiater, der Kupferblum schuldig gesprochen hatte, hieß nicht Gross – er hieß Stumpfl. Er hätte aber auch Gross heißen können. Denn Heinrich Gross zählte und zählt zu den meistbeschäftigten psychiatrischen Gutachtern der österreichischen Justiz. Und er teilt mit Stumpfl die Gesinnung. Es war also Zufall, daß Kupferblum und Gross nicht zusammengeführt worden waren.

Stumpfl hatte Kupferblum 1957 schuldig gesprochen. Gross gelangte einige Jahre später zu politischer Prominenz. Doch die Wurzeln dieser Prominenz reichen zurück.

Heinrich Gross war vom Landesgericht für Strafsachen Wien 1950 wegen des Verbrechens der Mitschuld am Totschlag schuldig erkannt worden. Seine Tat: Er hatte an der Ermordung von Kindern aktiv mitgewirkt – im Rahmen des »Euthanasie« genannten Mordprogramms *(Eingriffe, 3).*

Doch dann passierte, was mit Österreichern wie Heinrich Gross offenkundig immer wieder passiert: Das Urteil wurde von der nächsten Instanz aufgehoben. Bevor noch eine neue Verhandlung anberaumt werden konnte, zog die Staatsanwaltschaft Wien die Anklage zurück. Heinrich Gross war unschuldig. Wer Gegenteiliges behauptete, wurde von ihm vor Gericht gezogen.

Heinrich Gross war Mitglied der NSDAP – der Eintritt erfolgte 1938, als Gross 23 Jahre alt war. Kurz nach seiner Promotion, 1940, begann er seine psychiatrische Tätigkeit im Krankenhaus Ybbs in Niederösterreich. Dort, im »psychiatrischen Großasyl«, machte Gross auch seine ersten Erfahrungen mit der Euthanasie – mit der systematischen Ermordung Kranker.

Bald darauf übersiedelte Gross jedoch nach Wien. In Wien, in der Jugendfürsorgeanstalt »Am Spiegelgrund«, lief ein spezielles Kinderprogramm ab. Behinderte Kinder aus dem gesamten Großdeutschen Reich wurden hier der wissenschaftlichen Forschung zu-

geführt – registriert und gemessen, schließlich fotografiert und ermordet.
238 Totenscheine dieser Kinder tragen die Unterschrift von Gross *(Eingriffe, 4).* 1942 ließ er auch wissenschaftlich einschlägig von sich hören: Bei einem Vortrag vor der Wiener medizinischen Gesellschaft referierte er über kindliche Mißbildungen. Er war überhaupt erfolgreich – er wurde unabkömmlich gestellt. Er war unabkömmlich – für das Tötungsprogramm.
Kurz vor Kriegsende muß Gross doch an die Front. Er wird gefangen, kehrt 1947 nach Österreich zurück, er wird verhaftet und 1950 verurteilt.
So weit, so schlecht. Doch nun wird es ganz typisch österreichisch. Gross, der »Deutschgläubige«, wird wieder römisch-katholisch. Und Gross tritt, nach dem Mißerfolg seiner Partei – der NSDAP –, nun einer anderen Partei bei, der SPÖ *(Eingriffe, 4).*
Die SPÖ hat, mit Ausnahme einiger weniger Jahre, den entscheidenden politischen Zugriff zur Justiz der Zweiten Republik. Das bedeutet, daß das Verhalten der Staatsanwaltschaften eindeutig politisch zugerechnet werden kann – auch die Einstellung des Strafverfahrens gegen Heinrich Gross. Das bedeutet auch, daß eine eindeutige politische Verantwortlichkeit für den nun bald besonders viel beschäftigten gerichtlichen Sachverständigen Gross vorliegt. Verantwortlich ist im wesentlichen die österreichische Sozialdemokratie.
Gross wird auch ausgezeichnet: Er wird Primarius, er erhält den Körner-Preis, er wird Leiter eines Forschungsinstituts, und er erhält – lange bevor österreichische Widerstandskämpfer von der Zweiten Republik ausgezeichnet werden – das Ehrenkreuz für Wissenschaft und Kunst Erster Klasse.
Wissenschaftlich bleibt er einschlägig. Er kehrt sogar an die Stätte seiner Verbrechen, nach Wien, auf den Steinhof, zurück. Und er erprobt an seinen Patienten, ohne deren Zustimmung, neue Medikamente *(Eingriffe, 5).*
Die Zahl der gerichtlichen Gutachten, die Heinrich Gross verfaßt, beträgt etwa 12 000. Obwohl sein Vorleben bekannt ist. Doch Wis-

senschaft und Justiz, Sozialdemokratie und Zweite Republik sind eben großzügig – warum? Weil Gross für ein gutes Stück, für ein gewichtiges Stück Österreich steht. Und weil Wissenschaft und Justiz, weil Sozialdemokratie und Zweite Republik eben integrativ sein müssen.

1974 ist es dann soweit. Es kommt zum Skandal – soweit österreichische Normalitäten, wie Heinrich Gross, überhaupt einen Skandal provozieren können.

Der Mann, der den – beschränkten – Skandal auslöst, heißt Friedrich Zawrel. Er steht 1974 vor Gericht – der über ihn gutachtende Sachverständige ist Heinrich Gross. Und ihn kennt Zawrel bereits. Als Kind war er in der Pflege- und Vernichtungsanstalt »Am Spiegelgrund«. Er erlebte, wie Kinderleichen gestapelt und abtransportiert wurden. Und er lernte dort Heinrich Gross als einen der verantwortlichen Ärzte kennen *(Eingriffe, 5).*

Gross ist nun, 1974, wieder Herr über Zawrel. Er schreibt ein Gutachten. In ihm wird Zawrel eine »Neigung zu übertriebenem Selbstmitleid« bestätigt. Und Zawrel wird zu sieben Jahren Gefängnis verurteilt – mit der Androhung eines sich anschließenden Aufenthaltes in einer Sonderanstalt bis 1993 *(Eingriffe, 5).*

Zawrel ist wieder Opfer. Doch der Täter, Heinrich Gross, ist nun endlich bekannt, gebrandmarkt, öffentlich. Es regt sich Protest.

1979 findet, veranstaltet von der Universität Salzburg, eine Tagung in der Landesnervenklinik Salzburg statt. Als Referent ist Heinrich Gross angekündigt. Das Thema der Veranstaltung: »Tötungsdelikte von Geisteskranken« *(Eingriffe, 14–16).* Nicht etwa: »Tötungsdelikte an Geisteskranken«.

Doch Aktivisten der »Kritischen Medizin« versuchen, die Veranstaltung zu behindern. Was geschieht: Die Staatspolizei erzwingt nicht die Beendigung der mörderischen Tagung, sondern die Beendigung der Proteste dagegen. Werner Vogt, gegen Heinrich Gross aktiv, wird entfernt. Heinrich Gross muß nicht entfernt werden – er hat die Konfrontation gescheut, ist nicht gekommen. Gekommen, weil verantwortlich, ist jedoch der Veranstalter, der Salzburger Universitätsprofessor für Gerichtspsychiatrie, Gerhart Harrer. Seine

SS-Nummer: 303 067. Auch Harrer hat, wie Gross, ein Naheverhältnis zur SPÖ.

Gegen Heinrich Gross lief nach 1950 nicht nur kein Verfahren – Heinrich Gross betätigte sich als Privatankläger. Gegen Werner Vogt, den aktivsten seiner Kritiker und Gegner. Vogt wurde auch in erster Instanz verurteilt, erst in zweiter Instanz freigesprochen.

Im Urteil des Oberlandesgerichtes Wien, das Werner Vogt freisprach, hieß es über die Tätigkeit von Gross »Am Spiegelgrund«:

> »Als Leiter der Abteilung für Säuglinge und Kleinkinder war der Privatankläger nur dem jeweiligen Anstaltsleiter ... unterstellt ... die vornehmlich im Pavillon 15 untergebrachte Abteilung für Säuglinge und Kleinkinder hieß intern auch ›Reichsausschußabteilung‹, was seinen Grund darin hatte, daß dieser Abteilung jene Kinder angehalten wurden, die unter Prüfungsaktion des Reichsausschusses zur wissenschaftlichen Erfassung von erb- und anlagenbedingten schweren Leiden fielen ... Entgegen dem Namen des Ausschusses, bei welchem es sich um eine offizielle Tarnbezeichnung handelte, befaßte sich dieser nicht mit der wissenschaftlichen Erfassung der genannten Leiden, sondern mit der Tötung der von diesen Leiden befallenen Personen, also mit ihrer Euthanasierung ... in der Jugendfürsorgeanstalt ›Am Spiegelgrund‹ erfolgte die Euthanasierung in der Regel durch Verabreichung des Giftes Luminal in Tablettenform, ausnahmsweise wurden den Kindern auch tödliche Injektionen verabreicht ... Damit wurden in der Jugendfürsorgeanstalt ›Am Spiegelgrund‹ während des Zweiten Weltkrieges insgesamt Hunderte Kinder im Rahmen des Euthanasieprogrammes getötet ... Dr. Heinrich Gross nahm während seiner Tätigkeit in der Jugendfürsorgeanstalt ›Am Spiegelgrund« in zahlreichen in die Hunderte gehenden Fällen die Totenbeschau vor, welche sich aber auf die Feststellung des eingetretenen Todes beschränkte ... soweit es sich dabei um Euthanasiefälle handelte, wurde die wahre Todesursache vom Privatankläger verschwiegen ... nach den

vom Berufungsgericht getroffenen eigenen Feststellungen hat sich dieser wesentliche Inhalt der vom Angeklagten behaupteten Tatsachen als richtig erwiesen, wobei sogar hervorgekommen ist, daß der Privatankläger nicht bloß an einigen wenigen, sondern sogar an einer größeren Zahl von Tötungen mitbeteiligt war . . .« *(Oberlandesgericht Wien)*

Immerhin, Vogt wurde freigesprochen. Das bedeutete nicht, daß Gross verurteilt wurde, auch nicht, daß er sein einträgliches Geschäft als Sachverständiger vor Gericht einbüßte. Gross blieb prominenter, beschäftigter Gutachter. So wurde er in einem der spektakulärsten Strafprozesse der Republik, im Strafverfahren gegen Udo Proksch, als Gutachter bestellt. Die Republik schämte sich noch immer nicht ihres mörderischen Gutachters.

Was war, was ist das für eine Republik, die Heinrich Gross an Strafverfahren gegen andere Menschen verdienen läßt? Was war, was ist das für eine Justiz, die sich auf gutachterliche Äußerungen eines Heinrich Gross stützt?

Heinrich Gross steht für eine soziale und eine politische Doppelmoral der Zweiten Republik. Die soziale Doppelmoral: Die Gerichte der Republik urteilen über Menschen, die aus sozial schwachen Schichten kommen, viel weniger barmherzig, viel weniger nachsichtig als gegen andere, die privilegierter Herkunft sind. Friedrich Zawrel ist dafür ein einprägsames Beispiel: Zawrel, schon als Kind in den verschiedenen Anstalten, Zeuge des Massenmordes »Am Spiegelgrund«, verbrachte einen erheblichen Teil seines Lebens in geschlossenen Anstalten. Gross hingegen wurde geehrt, ausgezeichnet, befördert. In der Zweiten Republik ebenso wie während der nationalsozialistischen Terrorherrschaft.

Politische Doppelmoral: Gross hatte sich rechtzeitig, in schlechten Zeiten, in den Schutz einer offenkundig dafür besonders geeigneten Großorganisation begeben – in den Schutz der SPÖ. Diese, ebenso wie ihre Parallelorganisation, ÖVP genannt, nahm sich bald nach 1945 prominenter Nationalsozialisten an. SPÖ und ÖVP halfen – im Fall Gross war es die Sozialdemokratie, die ihrem

Schützling in dem sozialdemokratisch kontrollierten Justizbereich zu Ansehen und Einkommen verhelfen konnte.
Daß die Zawrels verurteilt werden, gerade dann, wenn sie den Gross' unserer Gesellschaft gefährlich werden können, dafür sorgen die Gerichtspsychiater. Und wie sie sorgen ...

> »Dr. Gross hat Erfahrungen in großen Wirtschaftsprozessen. Seit eines seiner Gutachten vor Jahren zum Freispruch des größten heimischen Möbelhändlers führte, weiß man landauf, landab, daß der Wiener Spezialist nicht vorschnell urteilt: Er weiß um den ganz besonderen Streß, dem gerade der reiche Mann in seinem Seelenleben ausgesetzt ist.« *(»profil«, 28. 2. 1974)*

C. VERLUSTE

11. Das Dilemma der elitären Demokratie

Die österreichische Demokratie ist ein Produkt der Siegermächte – und sie ist ein Produkt der österreichischen Eliten. Es waren die Spitzen des sozialistischen und des christlich-konservativen Lagers, die (1918/19 gemeinsam mit Deutschnationalen, 1945 gemeinsam mit Kommunisten) die Republik gründeten und wieder gründeten, ihr eine Verfassung gaben und diese wiederum bestätigten.

Beide Lager repräsentierten einen unterschiedlichen Zugang zur Gesellschaft. Aber beide Zugänge waren zumindest potentiell humanistisch, zumindest potentiell menschenfreundlich.

Da die internationale Solidarität, die Vorstellung vom gemeinsamen Menschenbild und den gemeinsamen Interessen aller – jenseits der Unterschiede von Rasse und Nation, Religion und Geschlecht.

Und dort die Vorstellung von einer im Christentum festgelegten Menschenwürde, ausgedrückt in der Verpflichtung zur Nächstenliebe, ja zur Feindesliebe.

Beide Lager hatten freilich in ihrem Anspruch auch einen Widerspruch – wohl am deutlichsten im Antisemitismus der Christlichsozialen Partei spürbar; aber auch in der relativen Verächtlichkeit gegenüber der Demokratie, die beide Lager, beide Großparteien in der Ersten Republik zum Ausdruck brachten.

Und dennoch regierten, bestimmten beide Lager in der Zweiten Republik das Geschehen dieses Landes nach den wohlverstandenen Interessen der Regierten:

- die innenpolitische Stabilität in Form innenpolitischen Friedens, ausgedrückt in der Gewaltlosigkeit politischer Konflikte;
- den sozialen Wohlstand, konkretisiert im Wirtschaftswachstum, das die materiellen Lebensverhältnisse nahezu aller Österreicher ganz wesentlich steigern half;
- eine aufgeklärte und aufklärende Bildungspolitik, die einer immer größeren Zahl von Österreicherinnen und Österreichern zu

immer mehr Bildung in höheren Schulen und Universitäten verhalf.

Doch diese Politik, getragen von einem breiten Konsens der Eliten von SPÖ und ÖVP, war eine Politik von oben nach unten; war eine oben ausgehandelte und nach unten vertretene Fortsetzung des Josephinismus – alles für das Volk, aber nicht durch das Volk.

Und das hatte seinen guten Grund: Das Volk, also die konkreten Österreicherinnen und Österreicher, waren nicht unbedingt demokratisch vertrauenswürdig. Allzu viele hatten sich dem Nationalsozialismus in die Arme geworfen; allzu viele waren auch nach 1945 geprägt vom aggressiven Nationalismus; allzu viele waren fremdenfeindlich und intolerant.

Zum Ausdruck kam und kommt dies in der gewalttätigsten Institution der österreichischen Gesellschaft – in der Kleinfamilie. Die mit Abstand meisten Gewalttaten werden von Männern an ihren Frauen und von Eltern an ihren Kindern begangen. Die Gewalt, die politisch – zwischen den Lagern – die Erste Republik bestimmt hatte, diese Gewalt lebte nun gleichsam privat fort. Sie war privatisiert, abgeschoben von den großen in die kleinen Bereiche der Gesellschaft.

Die Emanzipation von der aufgeklärten Elitenherrschaft gefährdet nun erst recht die demokratischen Errungenschaften der Zweiten Republik. Die Ablösung der Gesellschaft von den traditionellen Eliten der »Lager« droht die privatisierte Gewalt wieder öffentlich zu machen – und zwar nicht als Gewalt zwischen den »Lagern«, sondern als Gewalt gegen »Fremdes« und gegen »Fremde«: Einwanderer, Juden, Zigeuner, Gastarbeiter.

Die aufgeklärten Eliten haben vieles zugedeckt, was nicht dem demokratischen Anspruch der Zweiten Republik entspricht. Die Eliten von SPÖ und ÖVP, ÖGB und Bundeswirtschaftskammer haben eine Fassade errichtet und erhalten – vielleicht auch in der Hoffnung, daß die demokratische Außenseite österreichischer Befindlichkeit sich langfristig auch auf die Innenseite auswirkt; daß die Demokratie von oben allmählich auch eine Demokratie von unten wird.

Tabelle 8: Einstellung zur Todesstrafe in Österreich

	1986		1989	
	dafür*	dagegen	dafür*	dagegen
GESAMT	50	49	48	51
GESCHLECHT				
Männer	53	46	46	53
Frauen	48	51	50	50
ALTER				
14 bis 29 Jahre	43	57	43	57
30 bis 49 Jahre	50	49	45	55
ab 50 Jahre	56	42	56	44
BERUFSTÄTIGKEIT				
berufstätig	50	49	48	53
nicht berufstätig	52	48	51	49
in Ausbildung	27	73	32	68
in Pension	58	41	54	45
SCHULBILDUNG				
Pflichtschule ohne weitere Ausbildung	54	44	55	45
Pflichtschule mit weiterer Ausbildung	53	47	50	50
Matura/Hochschule	30	70	25	75

* unter »dafür« wurden die Antworten »generell dafür« und »unter bestimmten Umständen dafür« zusammengefaßt

(Quelle: IFES-Studie, N = 2000)

Beispiel Nr. 1, Todesstrafe: Die aufgeklärten Eliten haben bald nach Beginn der Zweiten Republik in aller Form die Todesstrafe abgeschafft. Mit der Todesstrafe wird in Österreich keine Politik gemacht. Mit Ausnahme einiger weniger Außenseiter ruft in Österreich kein Politiker nach dem Galgen – nicht einmal die FPÖ hat (bisher) sich dazu verleiten lassen.

Die politischen Eliten sind humanitärer, toleranter, in diesem Sinn demokratischer als die von ihnen demokratisch Vertretenen. Denn in der österreichischen Öffentlichkeit wäre an sich viel Bereitschaft da, in den Ruf nach der Todesstrafe einzustimmen. Untersuchungen zeigen, daß es nicht eine an der Basis der Gesellschaft fest verankerte Toleranz ist, daß es nicht eine im Volk weit verbreitete Abneigung gegen eine Strafrechtspolitik durch den Henker ist, die das österreichische Strafrecht frei von der Todesstrafe hält. In Österreich wäre durchaus ein Potential vorhanden, wenn – ja, wenn irgendein Teil der Elite aus dem Kartell der Aufgeklärten ausbrechen würde. Das ist bisher nicht geschehen – kann aber geschehen.

Beispiel Nr. 2, Antisemitismus: Der »Fall Waldheim« hat ganz gewiß nicht Antisemitismus erzeugt; er hat nur vorhandenen Antisemitismus salonfähig gemacht. Zu denen, die vorhandenen Antisemitismus nach der Wahl Kurt Waldheims zum Bundespräsidenten offen aussprachen, zählte der ÖVP-Vizebürgermeister von Linz, Carl Hödl. Hödl schrieb einen offenen Brief an den jüdischen Weltkongreß, und in diesem Brief äußerte sich die gesamte Vorurteilsstruktur des »christlichen« Antisemitismus. Hödl mußte schließlich zurücktreten – wenn auch nicht sofort, so war die Verurteilung dieses konkreten Antisemitismus innerhalb der politischen Elite, auch an der Führungsspitze der ÖVP, ziemlich eindeutig.

Dr. Carl Hödl
Vizebürgermeister
der Landeshauptstadt Linz

4041 Linz, Altes Rathaus
12. Mai 1987

Herrn Edgar Bronfman
Präsident des jüdischen Weltkongresses
Seagream Building
Park Avenue
NEW YORK

Herr Bronfman.
Es ist für den Österreicher schwer, bei der Anrede keine freundliche Floskel zu verwenden. Bei Ihnen würde sich allerdings meine Zunge sträuben. Auf Ihre unsachlichen, unqualifizierten, aber zutiefst infernalen Attacken gegen unseren Herrn Bundespräsidenten und damit gegen uns Österreicher, muß ich mich als Österreicher, als Christ und gelernter Jurist zur Wehr setzen.
Wenn Sie bei Ihrer letzten Attacke in Budapest gegen unseren Bundespräsidenten Dr. Waldheim feststellen, daß er Mitglied einer Tötungsmaschinerie war, dann frage ich Sie, ob Sie den Sinn eines Krieges nie verstanden haben. Was geschieht denn in jedem Krieg: Töten und wieder Töten. Dann aber trifft Ihre Feststellung Millionen von Soldaten aller Nationen.
Wahrscheinlich haben Sie, Herr Bronfman, den Zweiten Weltkrieg in einem sicheren Land erlebt oder sind vielleicht gerade den Windeln entwachsen gewesen, denn sonst müßten Sie sich erinnern, daß Millionen unschuldiger Zivilpersonen, insbesondere in der deutschen Stadt Dresden, sinnlosen Bombardements zum Opfer fielen.
Von unserem Herrn Bundespräsidenten wissen wir, daß er nie ein Nazi war – das haben auch Sie noch nie beweisen können, wohl behauptet – und daß er als Oberleutnant der Deutschen Armee ein so kleines Rädchen war, daß er zwar für die Richtigkeit einer Abschrift unterschreiben konnte, aber nie einen Befehl zum Töten. Das, Herr Bronfman, müßten Sie wissen oder Sie haben wider besseren Wissens diese Ihre Behauptungen von sich gegeben. Dann sind diese Behauptungen so zu werten, wie die Ihrer Glaubensgenossen vor 2 000 Jahren, die in einem Schauprozeß Jesus Christus zum Tode verurteilen ließen, weil er in das Konzept der Herren von Jerusalem

nicht paßte. Aber noch ein Vergleich sei mir gestattet. Wie dieses damalige ungerechte Urteil auszusprechen einem Römer überlassen wurde, so haben Sie es dieses Mal verstanden, den »Täter« im amerikanischen Justizminister zu finden, der Dr. Waldheim auf die Watchlist setzte.
Damit Sie sehen, was ich von der Richtigkeit dieses, Ihres, Vergehens halte, lade ich Sie ein, Ihren nicht unbedeutenden Einfluß geltend zu machen, auch mich auf die Watchlist setzen zu lassen. Es werden ja dann nicht Sie, sondern der Justizminister daran schuld sein.
Mir war vieles an Ihrem Verhalten als Präsident eines »Vereines«, wie es Dr. Kreisky immer bezeichnet, unklar, bis zu dem Zeitpunkt, als ich das amerikanische Standardwerk »Das Gewürz« gelesen habe.
Ich hoffe, daß Sie soviel Restanstand haben werden, sich einem österreichischen Gericht – und nur das ist in dieser Causa zuständig – stellen werden. Unsere Gerichte sind weltweit als fair anerkannt. Ich glaube nur fast, daß Sie es nicht tun werden, wenn ich mich an Ihre Erklärungen von Ungarn erinnere.
Nehmen Sie auch noch die, von mir zutiefst bedauerte Feststellung zur Kenntnis, daß Sie mit Ihrer unqualifizierten und unbeweisbaren Behauptung vielen Ihrer Glaubensgenossen in Österreich, in Deutschland, zuletzt in Ungarn und ich weiß nicht sonstwo, schwer geschadet haben. Ich hoffe nur, daß die Vereinsmitglieder Ihres Vereines Sie dafür einmal zur Verantwortung ziehen werden. Aug um Aug, Zahn um Zahn ist nicht unsere europäische Auffassung. Diese talmudische Grundtendenz in aller Welt zu verkünden, blieb Ihnen und Ihresgleichen vorbehalten. Ich kann auch nur dies mit dem größten Entsetzen und tiefster Erschütterung zur Kenntnis nehmen. Sie werden vielleicht nicht wissen, was Humanität ist. Es könnte sein, daß man Sie das noch lehrt, denn es ist für niemand zu spät, neue und richtige Erkenntnisse zu gewinnen.

Carl Hödl

Hödl hatte ein Tabu verletzt. Antisemitismus darf innerhalb der politischen Elite nicht geäußert, zumindest nicht offen ausgesprochen werden. Und auch hier ist die politische Elite nicht in Übereinstimmung mit ihrer Basis. Die Österreicherinnen und Österreicher sind viel offener, viel eindeutiger antisemitisch als diejenigen,

die sie vertreten. Antisemitismus »oben« ist unfein – Antisemitismus »unten« ist selbstverständlich. Die politische Elite verhindert, daß der alltägliche Antisemitismus der österreichischen Gesellschaft nach außen hin allzu deutlich in Erscheinung tritt. Die politische Elite ist der moralische Zensor der Nation.
Beispiel Nr. 3, Fremdenfeindlichkeit: Als im März 1990 Tausende rumänische Flüchtlinge nach Österreich einwandern wollten, da begann die österreichische Regierung, gedrängt von der österreichischen Öffentlichkeit, den eben erst aufgehobenen »Eisernen Vorhang« umzudrehen – Österreich sollte zur Festung werden, zum Teil der »Festung Europa«. Fremdes und Fremde sollten abgewehrt werden. Das heißt, unterschieden wurde zwischen solchen Fremden, die – als Touristen – Geld brachten; und solchen, die – als (Wirtschafts-)Flüchtlinge – ihrer Armut entkommen wollten, an denen also nichts zu verdienen war. Aus der Gemeinde Franking in Oberösterreich kam diesbezüglich ein offener Brief, den der Landeshauptmann von Oberösterreich »wertfrei« in eigene Worte faßte – weshalb er auch von seinem Bundesparteiobmann, dem Vizekanzler der Regierung der Großen Koalition, vorsichtig getadelt wurde.

Brief des Landeshauptmannes von Oberösterreich (in: »Neue Arbeiterzeitung«, 10. März 1990)

Landeshauptmann
Dr. Josef Ratzenböck

Linz, am 22. Februar 1990

In der Gemeinde Franking werden zurzeit 230 bis 250 Asylanten vom Innenministerium betreut. Man hat arge Bedenken gegen die große Anzahl dieser Asylanten, weil man nun bereits Schwierigkeiten im Rahmen des Fremdenverkehrs hat. Es handelt sich hier um Leute aus Ländern, denen man die Abstammung eindeutig ansieht, und man fürchtet dadurch Rückgänge im Rahmen des Fremdenverkehrs.

ORF und ÖVP, SPÖ und andere »Aufgeklärte« distanzierten sich ganz deutlich nicht nur von Franking, sondern auch vom »wert-

freien« Postboten Ratzenböck. Die politische Elite wollte mit der inneren Befindlichkeit der österreichischen Seele nichts zu tun haben. Fremdenfeindlichkeit, Rassismus? Das alles sollte, das alles durfte es nicht geben. Und wenn es das gab und gibt, dann sollte, dann dürfte es nicht nach oben und nach außen dringen.
Josef Ratzenböck zeigte in einer Stellungnahme das Ende, zumindest aber die Grenzen der elitären Demokratie auf. Angesprochen darauf, daß die Aussage »Es handelt sich hier um Leute aus Ländern, denen man die Abstammung eindeutig ansieht« fremdenfeindlich sei, antwortete er: »In Oberösterreich gibt es keine Fremdenfeindlichkeit. Erst durch die Massierung von Flüchtlingen in einem kleinen Ort fördert man die Ausländerfeindlichkeit.« *(»Neue AZ«, 10. März 1990)*
Schuld an der Fremdenfeindlichkeit sind also die Fremden. Die Fremdenfeindlichkeit ist erst vorbei, wenn es keine Fremden mehr gibt. In diesem Sinn war Adolf Hitler sicherlich der erfolgreichste Bekämpfer des Antisemitismus. Mit den Juden hat er, folgt man der Logik Ratzenböcks, den Antisemitismus bekämpft.
Wenige Wochen später folgten die Zentralsekretäre der SPÖ, Josef Cap und Peter Marizzi, Ratzenböcks Vorbild. Angesichts der nach Österreich (und anderen wohlhabenden Staaten Europas) drängenden Menschen aus den vormals kommunistischen Diktaturen traten sie für die Schließung der österreichischen Grenzen ein. Verschärfung der Einreisemöglichkeiten, Abwehr der Arbeitnehmer – Marizzi verstieg sich sogar zu dem aus der nationalsozialistischen Vergangenheit übel bekannten Formulierung: »Das Boot ist voll.«
Marizzi begründete seine fremdenfeindliche Position so:

> »Ich komm relativ viel in Österreich herum, bin in Betrieben und Parteiorganisationen, habe viele Bürgerversammlungen. Da merk ich, daß das Thema die Menschen sehr berührt. Das ist nicht eine plumpe Ausländerfeindlichkeit, der die SPÖ jetzt nachgibt, sondern ein Problem, das uns langfristig beschäftigen wird.« *(»profil«, 11. Juni 1990, S. 19)*

Marizzi berief sich auf »die Menschen«. Eigene Ideen, eigene Werte, eigene Positionen brachte er erst gar nicht vor. Seine Haltung war, offenkundig auch für ihn persönlich, uninteressant. Er verstand sich als Vollzugsorgan »der Menschen«.

Am Beispiel Ratzenböck und am Beispiel Marizzi und Cap kann man der politischen Elite durchaus zugestehen, daß sie diese Fremdenfeindlichkeit nicht will – zumindest nicht sehen will; zumindest froh wäre, gäbe es sie nicht. Doch Ratzenböck, Cap und Marizzi haben den Schritt von der elitären Demokratie in Richtung populistische Demokratie bereits gemacht. Für sie zählt nicht mehr, was sie, die Politiker, denken – ein solches Denken verweigern sie ausdrücklich. Für sie zählt, was Wähler und Wählerinnen denken, was vor allem diejenigen wünschen, von deren Wahlsieg die Politiker sich abhängig glauben.

Damit ist, genaugenommen, die elitäre Demokratie am Ende. Denn es war ja ihr Erfolgsgeheimnis, daß sie in Grundfragen sich nicht auf die Stimmung von »unten« verlassen mußte; daß sich diese Demokratie vielmehr nach dem Muster und der Tradition des aufgeklärten Absolutismus verhielt: Alles für das Volk, aber nichts (zumindest nichts wirklich Wichtiges) durch das Volk.

Und nun wird, in der so entscheidenden Frage rassistischer Vorurteile, plötzlich diese josephinische Grundeinstellung verlassen. Josef Ratzenböck tappte, geradezu populistisch naiv, in eine offenkundige Falle – auf die Frage: »Wenn die Flüchtlinge blond und blauäugig wären, gäbe das dann weniger Probleme?« antwortete er entwaffnend: »Ja, sicher. Das Problem wiegt doch viel schwerer, wenn die (gemeint sind die Flüchtlinge, also die Fremden – A. P.) auch anders ausschauen.«

Ratzenböck sieht die Falle, muß erkennen, daß es um den Vorwurf des Rassismus geht. Und er geht sehenden Auges in die Falle – wohl wissend, zumindest annehmend, daß er damit populär werden kann. Ratzenböck ist lieber mit seinen Wählern rassistisch als gegen diese Wähler demokratisch.

Die Grenzen elitärer Demokratie waren freilich schon viel früher spürbar. In den fünfziger Jahren bemühten und beeilten sich Poli-

tiker von ÖVP und SPÖ, dem »letzten österreichischen Kriegsgefangenen«, Walter Reder, in jeder nur erdenklichen Weise zu Hilfe zu kommen. Da wurde Reder, ohne daß dieser darauf einen Rechtsanspruch gehabt hätte, der Rechtsanwalt bezahlt, der ihn – den des Massenmordes Angeklagten – vor dem italienischen Gericht verteidigte. Da wurde Reder, wiederum ohne zwingende Rechtsgrundlage, die österreichische Staatsbürgerschaft geschenkt. Und da bemühten sich Parteiführer der beiden Großparteien um eine vorzeitige Begnadigung des rechtskräftig verurteilten Massenmörders.
Die Politiker von ÖVP und SPÖ, die sich so um ihren Liebling, den Massenmörder Walter Reder, bemühten, waren teilweise selbst Opfer des nationalsozialistischen Terrors. Man kann ruhig annehmen, daß ihnen der Massenmörder Walter Reder nicht nur nicht sympathisch war; daß ihnen vielmehr das italienische Urteil durchaus gerechtfertigt erschien. Doch sie, die – wie Heinrich Gleißner oder Ernst Koref – in ihrer antinazistischen Gesinnung makellos waren, glaubten, auf die Stimmung von »unten« Rücksicht zu nehmen. Sie wollten Demokraten sein – und nicht nur elitäre Demokraten. Und deshalb bemühten sie sich, allen voran die führenden Politiker des Landes Oberösterreich, um einen österreichisch gemachten Massenmörder. Wider bessere Einsicht?
Insofern ist der Handschlag, mit dem der freiheitliche Verteidigungsminister Friedhelm Frischenschlager 1985 den – endlich – vorzeitig entlassenen Walter Reder in Österreich willkommen hieß, in großkoalitionärer Tradition. Daß Frischenschlager deshalb politischen Schaden nahm, ist eigentlich ungerecht – Gleißner und Koref, aber auch Raab und Kreisky mußten keine ernstzunehmende Kritik einstecken, weil sie sich für die Freilassung Reders bemüht hatten.
Freilich, das wirkliche Ende der elitären Demokratie wurde durch die Erfolge Jörg Haiders verdeutlicht. Er setzte konsequent das um, was die Angehörigen der Großparteien – sei es in der Großen Koalition oder danach – nur ansatzweise zu tun wagten: Haider fragte niemals nach Inhalten, nach demokratischen Grundsätzen; er handelte immer von vornherein nach dem Gesichtspunkt der Maximierung von Wählerstimmen.

12. Das Dilemma des Deutschnationalismus

Die Koalition, in die die FPÖ 1983 drängte, war noch ein letzter Versuch, die Basis der elitären Demokratie zu erweitern – eben um die Partei des »dritten Lagers«. Die Erfolge, die die FPÖ nach Beendigung dieser Koalition unter Jörg Haider erzielen konnte, belegen eben das Ende dieser elitären Demokratie. Das »dritte Lager« ist seit dem Innsbrucker Parteitag (1986) der FPÖ wieder im Aufschwung, weil es sich den Regeln des Elitenkartells – der Großen Koalition und der Sozialpartnerschaft – entziehen konnte.

Das ist das erste Rezept des Aufstiegs der FPÖ: Das »dritte Lager« wurde von dem Geruch befreit, auch nur zu den Futtertöpfen im Stile von SPÖ und ÖVP drängen zu wollen. Die Haider-FPÖ macht Opposition. Und das macht sich bezahlt.

Freilich, die FPÖ seit 1986 ist die Partei der Renaissance des Deutschnationalismus. Die Jahre davor versuchte die FPÖ, ihren deutschnationalen Traditionskern möglichst vergessen zu machen; präsentierte sie sich als liberale Partei; profilierte sie sich als Kraft der Mitte. Doch kräftig wurde sie damit nicht. Mit dem erfolgreichen Oppositionskurs kam auch die neuerliche Unterstreichung des Deutschnationalen. Wohl am deutlichsten wurde dies in Haiders Aussage gegenüber einem Vertreter des Österreichischen Rundfunks:

> »Das wissen Sie ja so gut wie ich, daß die österreichische Nation eine Mißgeburt gewesen ist, eine ideologische Mißgeburt. Denn die Volkszugehörigkeit ist die eine Sache und die Staatszugehörigkeit ist die andere Sache. Man hat ja versucht, nach 1945, um hier die besondere Distanz zur Vergangenheit zu wahren, diese österreichische Nation zu schaffen, damit einen Bruch der jahrhundertelangen Geschichte vollzogen. Denn es geht darum, welchen Beitrag Österreich im Rahmen der deutschen Geschichte getragen hat.« (Zitiert nach *Bailer-Galanda, 23*)

Tabelle 9: Wählerverhalten und Generation in den späten achtziger Jahren

	SPÖ	ÖVP	FPÖ	KPÖ	Grüne	ungültig
Erstwähler	37	35	14	1	12	1
bis 29jährige	39	33	12	1	11	3
30- bis 40jährige	43	37	11	1	5	2
45- bis 59jährige	42	48	6	1	1	1
60- bis 69jährige	44	45	8	1	1	1
70jährige und älter	46	43	9	0	1	1

(Quelle: Fessel + GfK, 1986, N = 2 149; zit. nach Plasser, Fritz und Peter A. Ulram: Großparteien in der Defensive. In: Pelinka/Plasser, S. 84)

	es haben SPÖ oder ÖVP gewählt	es haben FPÖ oder Grüne gewählt	N =
bis 44jährige	76	20	1 110
über 44jährige	90	8	1 039
Pflicht- bzw. Fachschulbildung	85	12	1 642
Matura bzw. Hochschulabschluß	73	22	507

(Quelle: Fessel + GfK, 1986; zit. nach Plasser, Fritz: Das österreichische Parteiensystem zwischen Erosion und Innovation. Eine empirische Langzeitanalyse. In: Pelinka/Plasser, S. 76)

Damit scheint Haider in vollem Widerspruch zur herrschenden Meinung, zum herrschenden Trend in Österreich zu liegen. Denn nach 1945 ordnete sich eine wachsende Mehrheit der österreichischen Bevölkerung positiv einer eigenständigen »österreichischen Nation« zu *(Bruckmüller, Kreissler, Reiterer)*. Hier ist, offenkundig, zunächst ein Widerspruch zu diagnostizieren: Der Gedanke an ein Österreich, das ein »deutscher Staat«, ein Staat »deutscher Nation« ist, wird von einer relativ kleinen, tendenziell schrumpfenden Minderheit vertreten – und die Partei, die diese immer weniger gewichtige Position vertritt, nimmt seit einigen Jahren an Bedeutung zu.

Zu vermuten ist, daß das entscheidende Motiv für die Wähler, die ab 1986 zur FPÖ strömen, eben nicht der Deutschnationalismus des Jörg Haider ist – dieser Deutschnationalismus schreckt sie offenkundig aber auch nicht ab, FPÖ zu wählen.

Es sind vor allem jüngere Wählerinnen und Wähler, die ab 1986 zur FPÖ tendieren – durchaus in Übereinstimmung mit dem generellen Trend, der von den Großparteien und der von ihnen repräsentierten, elitären Demokratie wegführt. Jüngere Wähler neigen überdurchschnittlich stark zu den – so unterschiedlichen – Parteien, die die Oppositionskultur vertreten, die der elitären Demokratietradition entgegensteht; eben zur FPÖ und zu den Grünen.

Historiker und Sozialwissenschafter haben nach 1945 vielfach belegt, daß ein österreichisches Nationalbewußtsein von immer mehr, und zwar vor allem von immer jüngeren Österreicherinnen und Österreichern, getragen wird. Österreichisches Nationalbewußtsein, österreichische Nation: diese Begrifflichkeit ist ganz eindeutig in Antithese zum Deutschnationalismus zu verstehen; zu der Auffassung, Österreich sei ein (zweiter, dritter?) deutscher Staat. Wie paßt dies mit dem Aufschwung des – österreichischen – Deutschnationalismus, wie paßt dies mit dem Trend zugunsten der FPÖ zusammen?

Eine Erklärung ist, daß die Oppositions- und Protestkultur der achtziger Jahre unterschiedliche, ja widersprüchliche und gegensätzliche Aspekte aufweist. Da ist einmal die Oppositionskultur

Tabelle 10: Positionierung der österreichischen Parteien auf der Links-Rechts- sowie auf der Materialismus-Postmaterialismus-Achse

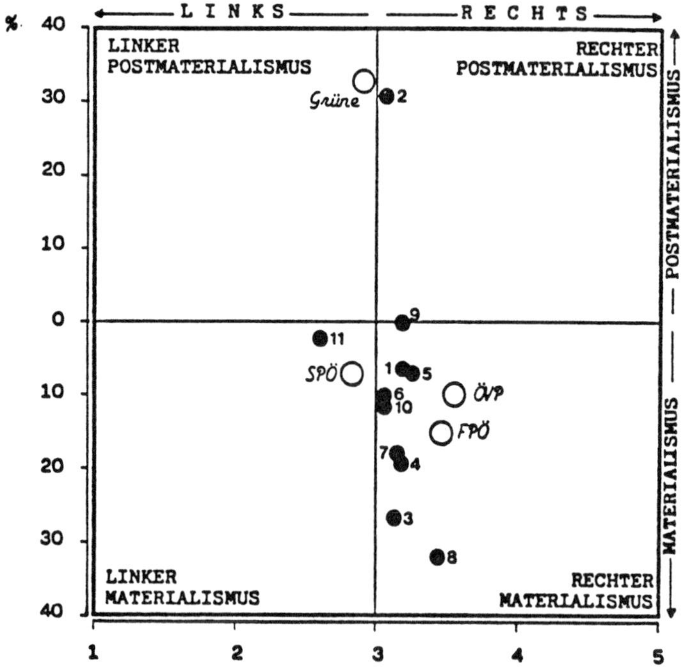

C 1 — sozial-konservativer Mainstream
C 2 — postmaterialistische Avantgarde
C 3 — sozialstaatliches Phlegma
C 4 — aufstiegsorientierte Konventionalisten
C 5 — bürgerlich-konservative Traditionalisten
C 6 — parteien-dissonante Naturverbundene
C 7 — integrierte Systemkonforme
C 8 — latent verdrossene Materialisten
C 9 — latentes Grün-Potential
C 10 — sozialreformatorischer Wachstumskern
C 11 — sozialdemokratische Traditionalisten

(Quelle: Plasser, S. 260)

des Postmaterialismus. Sie ist vor allem für den Aufstieg des grün-alternativen Parteienspektrums verantwortlich, aus dem sich die Grüne Alternative als vierte Parlamentspartei entwickeln konnte. Und da ist die Protest- und Oppositionskultur des neuen Materialismus, der österreichischen Variante der »Yuppies«; jener jüngeren Frauen und Männer, die den individualistischen, marktwirtschaftlichen, konkurrenzorientierten »Zeitgeist« repräsentieren. Und diese Protest- und Oppositionskultur spricht die Freiheitliche Partei mit Jörg Haider erfolgreich an.
Eine von Fritz Plasser für die Mitte der achtziger Jahre vorgenommene Analyse zeigt deutlich, daß die Sympathisanten der FPÖ dem postmaterialistischen Trend besonders wenig geöffnet sind. Die »grün« infizierten Wählerinnen und Wähler haben mit den zur FPÖ Tendierenden nur eines gemeinsam – die Abkehr von der politischen Kultur, für die die Konkordanzdemokratie aus FPÖ und ÖVP, ÖGB und Bundeswirtschaftskammer stand und steht.
Die FPÖ unter Jörg Haider stellt die Identitätsfrage an Österreich – und sie offeriert auch eine Antwort. Die FPÖ bietet die Antwort einer deutschen Identität Österreichs. Mit dieser Antwort auf die Identitätsfrage verbindet die FPÖ auch eine allgemeine Feindlichkeit gegen »Fremde«. »Feinde« sind Slowenen und Flüchtlinge, Gastarbeiter und Einwanderer.
In einer Erklärung des »Lorenzener Kreises« der FPÖ und einer Aussendung der FPÖ Burgenland, beide aus dem Jahre 1989, wird dies deutlich:

> »Unser Freiheitsideal unterscheidet sich grundlegend von den Schlagworten der Französischen Revolution: die vorgegebenen Unterschiede an Begabung, Fähigkeit, Neigungen, ja auch an menschlicher Würde bilden die zur volklichen Existenz notwendige Vielfalt . . .« (*Lorenzener Erklärung,* zitiert nach *»Die Aula«, 10/1989, S. 21 f.*)

Das heißt, der Aufschwung der FPÖ kommt einer Partei zugute, die Unterschiede in einer auch an »volklicher Existenz« gemessenen menschlichen Würde festmacht. Was dies konkret bedeutet, wird ebenfalls offen gesagt:

> »Das Prinzip sog. multikultureller Entwicklungen und der multikulturellen Erziehung lehnen wir ab, da es erfahrungsgemäß zur Nivellierung und zur geistigen Verarmung und Entwurzelung des Menschen führt ... Wir lehnen es daher ab, unser Geburtendefizit durch die Einbürgerung von Ausländern, die meist noch einer sozial-kulturellen Unterschicht angehören, auszugleichen.« *(Lorenzener Erklärung, S. 23)*

Ist die Verdoppelung, ja Verdreifachung des freiheitlichen Stimmenanteils unter der Führung Jörg Haiders ein Beweis dafür, daß dieser antiegalitäre, völkische, rassistische Deutschnationalismus wachsende Anziehungskraft besitzt? Zu vermuten ist eher, daß die FPÖ unter Jörg Haider eine – zunächst – erfolgreiche Doppelstrategie verfolgt:

- Motivierung und Mobilisierung des traditionellen Kerns des deutschnationalen Lagers, der in der Zweiten Republik auf maximal 5 Prozent geschrumpft ist und der vor allem zur Zeit der »Kleinen Koalition«, durch die Profilierungsversuche der FPÖ als liberale Partei, zunehmend politisch entfremdet worden war;
- Ausweitung des Stimmenanteils der FPÖ in nahezu beliebige Richtungen nach allen Seiten durch eine demonstrativ ideologiefreie Oppositionspolitik, die ein allgemeines Protestgehabe in den Mittelpunkt rückt und so ein Wählerpotential anspricht, das nicht wegen des deutschnationalen Kerns, sondern unabhängig davon bereit ist, freiheitlich zu wählen.

Doppelstrategien können erfolgreich sein – auf Zeit. Aber immerhin zeigt die zunächst so erfolgreiche Doppelstrategie der FPÖ mit Jörg Haider, daß die Frage nach der österreichischen Identität zur Zeit der deutschen Einigung und der Öffnung der österreichischen Grenzen wieder deutlicher gestellt werden kann und muß.

13. Zur Identität des »dritten Lagers«

Österreich, das war einmal ein übernationaler Begriff. Österreich, das war die Summe der Länder, die unter der Herrschaft der Habsburger standen. Und nach 1867, nach dem »Ausgleich« mit Ungarn, war Österreich die eine – die größere – der beiden Reichshälften der alten Monarchie.
In diesem Österreich waren die Demokratie, der Parlamentarismus und die politische Kultur des Bürgertums verspätet. Daß der Kaiser Österreich eine Verfassung zugestehen mußte, war nicht die Konsequenz einer erfolgreichen bürgerlichen Revolution. Der Kaiser hatte den Krieg von 1866 verloren – und deshalb sah er sich gezwungen, einerseits Ungarn, andererseits dem Bürgertum Konzessionen zu machen. Und die Konzessionen an das Bürgertum waren der Verfassungs- und der Rechtsstaat.
In diesem Österreich, das bis 1918 unverändert spätabsolutistische Züge trug, war das Parlament – relativ – bedeutungslos. Es war der Kaiser, der den Ministerpräsidenten ernannte. Und dieser war nicht dem Abgeordnetenhaus des Reichstages, sondern nur dem Kaiser politisch verantwortlich. Und der Kaiser konnte auch, zusammen mit der von ihm ernannten, nur von ihm abhängigen Regierung ohne Parlament auskommen – falls das Parlament zu große Schwierigkeiten machte, regierte »man« ganz einfach mit Notverordnungen.
In diesem Parlament ohne wirkliche Macht etablierten sich Parteien, die als »Reserve« bereitstanden. 1918 sollte das klein gewordene Österreich diese Reserve brauchen – die Parteien erklärten die Republik und, gleichzeitig, deren Anschluß an Deutschland. Und die Parteien gaben dann der durch die Siegermächte zur Unabhängigkeit verurteilten Republik eine neue, republikanische, »echt« parlamentarische Verfassung.
Doch diese als Reservemacht heranwachsenden Parteien waren nicht bloß Organisationen zur Aufstellung von Kandidaten, Durchführung von Wahlen und Formulierung von politischen Pro-

grammen. Diese Parteien waren »Lager«. In ihnen organisierten sich die Kräfte, die – im nationalstaatlichen Vakuum des alten Österreich – für die Loyalitäten und Bindungen sorgten, die das übernationale Österreich offenkundig nicht zu stimulieren verstand. Das »sozialistische Lager« formierte sich, entlang der Konfliktlinie Klasse, als Arbeiterbewegung. Das »christlich-konservative Lager« nützte die konfessionelle Konfliktlinie, um sich als Kraft des politischen Katholizismus zu etablieren. Und da war noch das dritte Lager – »liberal«?

An der Wiege dieses dritten Lagers standen verschiedene Gruppierungen, die das »Völkische« mit dem »Liberalen« zu verbinden versuchten. In einem 1882 beschlossenen »Linzer Programm« formulierte ein Beratungsausschuß, dem die »späteren« Sozialdemokraten Victor Adler und Engelbert Pernerstorfer ebenso angehörten wie Georg (Ritter von) Schönerer, verschiedene grundsätzliche Aussagen, die tatsächlich (noch) liberale mit deutschnationalen Forderungen verbanden: So wurde der Ausbau der Vereins- und Versammlungsfreiheit ebenso gefordert wie die Absicherung der Pressefreiheit.

Gleichzeitig aber rückte das »Linzer Programm« die Forderungen nach der Hegemonie des Deutschen in den Mittelpunkt. Gefordert wurde:

> »Daß die deutsche Sprache ausschließlich Sprache des Heeres, der Vertretungskörper und der öffentlichen Ämter sei, daß demnach der gesamte innere Amtsverkehr sowie die öffentlichen Bücher und Protokolle ausschließlich in deutscher Sprache geführt werden und daß niemand eine Staatsanstellung oder sonst ein öffentliches Amt bekleiden könne, der nicht der deutschen Sprache in Wort und Schrift vollkommen mächtig ist;
>
> daß in Orten mit sprachlich gemischter Bevölkerung an mindestens einer Volksschule der Unterricht in deutscher Sprache erteilt und an allen Mittelschulen die deutsche Sprache als obligater Gegenstand gelehrt werde, wogegen kein Schüler zur

Erlernung einer anderen, etwa landes- oder bezirksüblichen Sprache gezwungen werden kann ...« *(Berchtold, 199)*

Hier ist sie schon, die Position, die etwa die Kärntner Parteien gegen die slowenische Volksgruppe mehr als ein Jahrhundert danach ins Treffen führen: Andere Sprachen als die deutsche Sprache werden geduldet; von einer Gleichberechtigung kann keine Rede sein. Doch 1882 betrafen diese Forderungen ein Land, in dem die Deutschsprechenden eine Minderheit waren; in der eine deutliche Mehrheit der Bevölkerung eine andere als die deutsche Sprache zur Muttersprache hatte. Positionen wie die des »Linzer Programms« mußten geradezu die antiösterreichischen Tendenzen der Tschechen und Italiener, der Slowenen und Polen fördern.
Doch das Programm von 1882 war noch immer zu liberal. Bald darauf trennten sich die politischen Wege Schönerers und Adlers. Denn Schönerer begnügte sich nicht mit der Forderung nach dauernder Hegemonie der deutschen Minderheit – er fügte dem Deutschnationalismus noch den Antisemitismus hinzu. Der Deutschnationalismus allein wäre offenkundig für Adler und Pernerstorfer nicht oder noch nicht Grund genug gewesen, sich von Schönerer loszusagen. In seinem 1885 veröffentlichten Wahlaufruf verdeutlichte Schönerer, worauf es ab nun im »dritten Lager« ankommen sollte: Er formulierte eine eindeutige Ausrichtung auf das Deutsche Reich, und er legte sich auf einen prinzipiellen Antisemitismus fest:

»Wir verlangen daher die Durchführung einer wirtschaftlichen Reformpolitik in dem Sinne, wie sie Fürst Bismarck im Deutschen Reiche in Angriff genommen hat.
Zur Durchführung solcher Reformen ist die Beseitigung des jüdischen Einflusses auf allen Gebieten des öffentlichen Lebens ... unerläßlich ...
Unser natürlicher Bundesgenosse kann nur das stammverwandte Deutschland sein; ein dauerndes Bündnis mit demselben zu knüpfen, ist für uns überdies ein Gebot nationaler Selbsterhaltung.

Wir verlangen daher die Befestigung des zwischen Österreich und dem Deutschen Reich derzeit bestehenden Bündnisses durch einen der Genehmigung der Volksvertretung zu unterziehenden Staatsvertrag, welcher auch eine Einigung auf wirtschaftlichem Gebiete umfassen soll.« *(Berchtold, 204)*

Antisemitismus und die Orientierung an Deutschland – mit diesen Programmpunkten ging das »dritte Lager« in die Zukunft. Die Orientierung am Deutschen Reiche führte Österreich in den Ersten Weltkrieg. Die Unmöglichkeit, die deutschen Hegemonievorstellungen mit demokratischen Reformen zu verbinden, untergrub die innere Lebensfähigkeit des Reiches – und die unbedingte Ausrichtung auf die Außenpolitik des Deutschen Reiches verhinderte eine außenpolitische Konsolidierung. Als dann 1914 der Anfang vom Ende des alten Österreich beginnen sollte, waren die Weichen eigentlich schon gestellt – auch und vor allem von den jede Reform blockierenden Positionen des »dritten Lagers«.

Nichts von diesen Positionen war wirklich liberal. Der Liberalismus war in Österreich verspätet und schwach – wie auch der Parlamentarismus, wie das Bürgertum überhaupt, wie der Kapitalismus. Österreich entwickelte sich als kapitalistische Gesellschaft – freilich stark abhängig vom Auslandskapital. Und das Bürgertum, das anderswo, insbesondere im Westen Europas, Träger politischer und gesellschaftlicher Reformen war, hielt sich mit Nationalitätenkämpfen und -krämpfen auf. Statt für ein echtes parlamentarisches System, statt für eine bürgerliche und demokratische Ordnung zu kämpfen, kämpfte das Bürgertum gegeneinander – deutsche Österreicher gegen tschechische Österreicher, deutsche Österreicher gegen italienische Österreicher, polnische Österreicher gegen ukrainische Österreicher, alle Österreicher mehr oder weniger gegen die jüdischen Österreicher und alle bürgerlichen Österreicher auch noch gegen die Arbeiterbewegung.

Eine wesentliche Ausnahme bildete das jüdische Bürgertum. Es war das einzige wirklich liberale Element in diesem Land – schon der Reform-Habsburger, Kronprinz Rudolf, der gegen eine Front konservativer Katholiken und Bismarck-besessener Deutschnationaler anrannte, fand sich in seiner liberalen Orientierung fast ausschließlich auf das jüdische Bürgertum angewiesen *(Hamann)*. Und dieses Bürgertum verkörperte sowohl die ökonomische als auch die kulturelle Seite eines europäischen Liberalismus: Es war wirtschaftlich innovativ, und es war kulturell innovativ.

Die beiden Doppelgänger Sigmund Freud und Arthur Schnitzler verkörperten die intellektuelle Seite dieses jüdisch-liberalen Bürgertums. Hugo von Hofmannsthal vertrat die gemäßigte Variante jüdischer Assimilation – katholisch, 1914 kriegsbegeistert, maßvoll-ästhetisierend deutschnational. Otto Weininger stand für die radikale, selbstvernichtende Spielart jüdischer Überanpassung – der Jude, der Frauen und Juden haßte, der konsequent sich selbst zerstören mußte.

Das Lager jedoch, das sich gelegentlich »liberal« nennen ließ, hatte für diese Strömung des Liberalismus keinen Platz. Der Antisemitismus der Deutschnationalen versperrte den jüdischen Österreichern den Zugang zum dritten Lager. Der Antisemitismus und der politische Katholizismus des christlich-konservativen Lagers waren ebenso ein Hindernis für die Integration des jüdischen Bürgertums in dieses Lager.

Blieb das sozialistische Lager: Gleichsam entgegen ihren Klasseninteressen stellten die Repräsentanten des jüdischen Bürgertums wichtige Vertreter der österreichischen Sozialdemokratie: In der Partei (wie zum Beispiel Max Adler) oder am Rande der Partei, als Sympathisanten (zum Beispiel Hans Kelsen), waren die bürgerlich-intellektuellen Juden Österreichs zum Teil mitverantwortlich für die ungewöhnliche Stärke der österreichischen Sozialdemokratie.

Daran sollte sich auch 1918 nichts ändern. Das deutschnationale Lager blieb antisemitisch und antiliberal. Die Großdeutsche Volkspartei, die sich nun als Erbe Schönerers präsentierte, formulierte im Salzburger Programm von 1920 – vier Jahre, bevor Adolf Hitler »Mein Kampf« diktierte – die Gedanken, die den Nationalsozialismus charakterisierten:

»Der Gedanke der Volksgemeinschaft hat auch eine negative Seite: In ihm liegt das Gebot der Abwehr volksfremder, schädlicher Einflüsse und das Bedürfnis nach Schutz gegen Fremdkörper, die dem Volksorganismus gefährlich sind. Ein solcher Fremdkörper ist das Judentum ... der Jude ist seinem Charakter und seiner Veranlagung nach durch und durch Individualist. Der Gedanke, daß das Ganze gedeihen müsse, damit die Wohlfahrt des Einzelnen gesichert sei, ist ihm fremd. Er verfolgt seinen unmittelbaren persönlichen Vorteil unbekümmert um die Bedürfnisse der Allgemeinheit ... sein höchstes Ziel ist, Reichtümer aufzuhäufen, um der Notwendigkeit, zu arbeiten, überhoben zu sein. Seinen Beruf wählt er so, daß er aus der Arbeit Anderer Nutzen zieht. Deshalb ist er nur selten dort zu finden, wo die Güter erzeugt, sondern fast immer nur dort, wo sie verwertet werden. Er ist ein Parasit am Wirtschaftskörper ... Diese Veranlagung macht die Juden zur Erhaltung eines eigenen Staates unfähig ... der Parasit kann eben in einer auf sich selbst gestellten Gemeinschaft nicht leben, er braucht einen fremden Körper, auf dem er wuchern kann.« *(Berchtold, 480 f.)*

Einige Jahre später setzte der Österreicher Adolf Hitler dies in die Praxis um. Er war ein Produkt des österreichischen Deutschnationalismus.

Auch der Landbund, die zweite Partei des deutschnationalen Lagers in der Ersten Republik, vertrat einen rassistischen Antisemitismus. Auch der Landbund schrieb in seinem Grundsatzprogramm, 1923, über die Versuche des »Judentums«, »durch das von ihm geführte international organisierte Proletariat die Staatsgewalt auszuschalten und zur Weltherrschaft zu gelangen« *(Berchtold, 483)*.

Nichts war hier liberal, alles war antiliberal. Nur folgerichtig war es auch daher, daß nahezu alle wichtigen Personen, die das deutschnationale Lager repräsentierten, früher oder später sich in der NSDAP wiederfanden – wie etwa Anton Reinthaler, Landbund-Funktionär aus Oberösterreich, dann einer der wichtigsten Führer der österreichischen NSDAP, 1938 Landwirtschaftsminister im »Anschluß«-Kabinett, danach Staatssekretär im Reichsernährungs-Ministerium und SS-General, 1956 erster Bundesparteiobmann der FPÖ.

Es gibt kein liberales Erbe, das sich im dritten Lager verankern ließe. Nicht einmal eine wirtschaftsliberale Grundidee zieht sich durch die Geschichte dieses Lagers – die Großdeutsche Volkspartei polemisierte 1920 gegen eine »einseitig vom Individualismus beherrschte Wirtschaftspolitik« und vertrat die Idee der »Arbeitsgemeinschaft«, die sie der negativ bewerteten Idee des »Konkurrenzkampfes«, also der Marktwirtschaft, gegenüberstellte *(Berchtold, 460).*

14. Verlorene Heimat Sozialdemokratie

Die österreichische Sozialdemokratie war im Laufe eines Jahrhunderts vielen, sehr vielen Menschen Heimat. Sie stiftete Identität – als Klassenpartei und als österreichische Partei.

Die Sozialdemokratische Arbeiterpartei, in den ersten Tagen des Jahres 1889 in Hainfeld gegründet, integrierte verschiedene, bereits vorhandene, miteinander konkurrierende Spielarten der sozialistischen Arbeiterbewegung. Dadurch entstand eine Partei, die sich grundsätzlich am marxistischen Politik- und Gesellschaftsverständnis orientierte – eine Partei, die den sozialistischen oder sozialdemokratischen Parteien Deutschlands, Frankreichs und anderer europäischer Länder entsprach.

Dazu zählte auch das besondere Nahe- und Kooperationsverhältnis zu den Gewerkschaften – jedenfalls zu der Mehrheitsströmung der Gewerkschaftsbewegung, die sich als »Freie Gewerkschaften« organisiert hatte. Die Freien Gewerkschaften waren von Anfang an, wie Victor Adler es ausdrückte, der »siamesische Zwilling« der Partei *(Shell, 69)*.

Doch die österreichische Sozialdemokratie war mehr als eine Arbeiterpartei, mehr als eine Klassenpartei. Denn die sozialdemokratische Arbeiterpartei entstand ja in einem nationalstaatlichen Vakuum – Österreich, das war ein mit dem Haus Habsburg identifizierter, loser Überbegriff, unter dem sich viele Völker versammelt hatten, Völker, die oft ihre Zugehörigkeit zum Haus Habsburg, also zu Österreich, als Zwang empfanden. Österreich war jedenfalls, gegen Ende des 19. Jahrhunderts, auch für die sich organisierende Arbeiterbewegung keine Heimat im Sinne eines Nationalstaates.

Die Sozialdemokratie war Ersatzheimat, Ersatznation. Und deshalb gruppierten sich um die Sozialdemokratische Arbeiterpartei die verschiedensten Organisationen. Sozialdemokratische Jugend und Sozialdemokratische Frauen, Freie Gewerkschaften und Arbeiterturner, spezielle Organisationen für die Alten und sogar ein Versicherungsverein, der als »Die Flamme« die kirchlich verpönte

Feuerbestattung im voraus organisieren half. Dazu traten dann auch, durchaus im Sinne einer Gegenkultur, die Bildungseinrichtungen des »Sozialistischen Lagers«: Arbeiterbildungsvereine, aber auch kulturelle Einrichtungen etwa für Musik.

Die Sozialdemokratie war eine Gesellschaft in der Gesellschaft; ihre Organisation war ein Staat im Staat; und die Loyalität, die die Angehörigen dieses Lagers der Sozialdemokratie entgegenbrachten, entsprach durchaus einem Nationalbewußtsein.

Diese aus einer Fundamentalopposition heraus entstandene Heimat konkretisierte sich im »Roten Wien« *(Rabinbach).* In Wien, ab 1919 sozialdemokratisch regiert, wurde die Regierungsfähigkeit, wurde die gesellschaftliche Gestaltungskraft der Sozialdemokratie erprobt. Eine für viele Beobachter als vorbildlich geltende Wohnbau-, Gesundheits- und Bildungspolitik unterstrich nur, daß österreichische Sozialdemokraten nicht irgendwo, auch nicht in Österreich schlechthin zu Hause waren – sie waren Bürgerinnen und Bürger des »Sozialistischen Lagers«.

Das alles ging in der Zweiten Republik verloren – nicht in erster Linie deshalb, weil die Sozialdemokratie 1934 in eine Niederlage schlitterte; auch nicht, weil viele Sozialdemokraten den Versuchungen des Nationalsozialismus nicht widerstehen konnten. Die sozialistische Heimat, das sozialdemokratische Vaterland gingen verloren, weil die Sozialdemokratie – 1945 als Sozialistische Partei Österreichs wiedergegründet – von einer Gegenmacht zur Hegemonialmacht wurde; weil die spezifische sozialdemokratische Gegenkultur in eine Hegemonialkultur aufging.

Kurt Shell schrieb über diesen Verlust an sozialdemokratischer Identität schon zur Zeit der ersten Großen Koalition um 1960:

> »Die frühere Ablehnung der bürgerlichen Geschlechtsmoral – die Befürwortung der freien Liebe und die Kampagne gegen den Abtreibungsparagraphen – hat der Sorge um das Bevölkerungswachstum und dem Konformismus mit der bürgerlichen Sexualmoral Platz gemacht. Die Idee, daß der Sozialismus neben wirtschaftlichen auch kulturelle Änderungen bringen

würde, daß es eine spezifisch sozialistische Lebensform gebe oder geben sollte, ist der Masse der heutigen Parteimitgliedschaft fremd. Wenn sie sich nicht konkret mit den für Sozialisten passenden Verhaltensweisen befassen müssen, liefern Parteiautoritäten, die nach wie vor auf dieser Unterscheidung bestehen, eine Liste, die jeder heutige Herr Karl aus dem Mittelstand seinem Sohn ans Herz legen würde: Anständigkeit gegenüber Mitmenschen, Gleichheit für Frauen, gutnachbarliches Verhalten, Toleranz und Mäßigung. Während sich Sozialisten in den zwanziger Jahren voll Stolz mit allem identifizierten, was auf dem Gebiet der Kunst radikal und fortschrittlich war, herrscht heute unter Führern und Mitgliedern eine spießbürgerliche Gleichgültigkeit oder sogar Feindseligkeit gegenüber jedem künstlerischen Experiment vor.« *(Shell, 259 f.)*

Ein Aspekt dieses Verkommens sozialdemokratischer Identität ist ganz gewiß der Verlust jüdischer Intelligenz. 1945, bei der (Wieder-)Gründung der SPÖ, waren Otto Bauer und Max Adler tot. Friedrich Adler weigerte sich zurückzukehren – ihm war der neue österreichische Patriotismus zuwider. Otto Leichter kam aus dem New Yorker Exil zurück, nur um kurz darauf wieder zu emigrieren – er fühlte sich nicht wirklich willkommen. Julius Deutsch kam und blieb, aber er wurde von jeder wirklichen Führungsposition ferngehalten. Die entscheidenden Positionen hatten sich nichtjüdische Parteiführer vorbehalten – Karl Renner, Adolf Schärf, Oskar Helmer, Karl Waldbrunner, Otto Probst. Bruno Kreisky sollte die große Ausnahme werden.

Die SPÖ 1945 und danach war jedenfalls eine Partei, in der sich viele Sozialdemokraten des Exils nicht so recht wohl fühlen konnten. Viele sahen darin eine Konzession der Partei an den Antisemitismus – ja sogar einen Ausdruck des Antisemitismus in der Partei selbst *(Stadler, 244–249)*.

Der Verlust des jüdisch-intellektuellen Elements war ein Faktor – der zweite, langfristig wohl entscheidende war, daß die Sozialde-

mokratie von einer Partei der permanenten Opposition zu einer Partei der permanenten Regierungsbeteiligung geworden war. Die SPÖ rückte in alle nur denkbaren Machtpositionen ein: Ministerien und Landesregierungen, Kammern und Industriemanagement, Schuldirektionen und Botschaften. Und der von Sozialisten dominierte ÖGB beteiligte sich am Aufbau der Sozialpartnerschaft, einer die Parteien ergänzenden Machtstruktur.
Eine solche Partei mußte allmählich mit der herrschenden Kultur verschmelzen – auch mit der herrschenden politischen Kultur. Die österreichische Sozialdemokratie büßte ihre Distanz ein – gerade auch ihre kritische Distanz. Sie wurde zum Bestandteil der herrschenden Verhältnisse. Sie wurde Stütze der Herrschaft.
Die Sozialdemokratie als permanent regierende Partei half mit, die Arbeiterklasse in die Gesellschaft zu integrieren – und nahm damit der Arbeiterklasse das Klassenbewußtsein. Die Gesellschaft wurde, auch durch das Zutun der Sozialdemokratie, immer mehr zu einer Arbeitnehmergesellschaft – aber innerhalb dieser Arbeitnehmergesellschaft verlor die Arbeiterschaft ihre spezifischen Merkmale, gerade auch ihr spezifisches Bewußtsein. Die Arbeiterschaft wurde zum Kleinbürgertum der Zweiten Republik.
Nicht, daß dies eine direkte Folge sozialdemokratischen Regierens gewesen wäre: Überall in der Industriegesellschaft ging in dieser Zeit nicht nur der primäre, der agrarische, sondern auch der sekundäre, also der industrielle Sektor zurück – es wuchs der tertiäre Sektor, der Bereich der Gesellschaft, für den Angestellte und öffentlich Bedienstete typisch sind.
Die österreichische Gesellschaft wurde und wird zu einer Angestellten- und Beamtengesellschaft. Und die SPÖ, gerade weil sie erfolgreich sein wollte und erfolgreich sein konnte, wurde zu einer Angestellten- und Beamtenpartei.
Dies kam nicht nur in der Verschiebung der Wählerschaft der Sozialdemokratie zum Ausdruck, sondern auch bei den Mitgliedern der Partei. 1987 wurden 33,98 Prozent der Mitglieder der SPÖ als Arbeiter registriert – ihnen standen 42,85 Prozent Angestellte und Beamte gegenüber *(Cap, 52)*.

Eine Partei der Angestellten und Beamten – das war aber auch, in der Zwischenzeit, die ÖVP als Repräsentantin des christlich-konservativen Lagers geworden; und da sind auch FPÖ und Grüne. Die SPÖ hat weitgehend ihr spezifisches Sozialprofil eingebüßt – nicht durch ihr eigenes, besonderes Zutun; sondern durch einen gesellschaftlichen Wandel, den zu beschleunigen sie freilich mitgeholfen hat.

Sozialdemokratie in Österreich – das wurde, ab 1970, auch synonym mit Macht. Die SPÖ regierte – als erfolgreichste Partei der Sozialistischen Internationale, ja als erfolgreichste demokratische Partei Europas überhaupt. In der »Ära Kreisky« erzielte die SPÖ ein unter demokratischen Rahmenbedingungen einmaliges Rekordergebnis – dreimal hintereinander, 1971, 1975 und 1979, erhielt sie mehr als 50 Prozent der abgegebenen, gültigen Stimmen. Diese Erfolge der österreichischen Sozialdemokratie sind ein weiterer Beitrag zu den Rekordleistungen österreichischer Politik.

Doch nach dem Ende der »Ära Kreisky« begann die SPÖ zu schrumpfen – nicht nur bei Wahlen, sondern auch als Mitgliederpartei. Die SPÖ sank in rascher Abfolge auf ein Niveau, das sie

Tabelle 11: Entwicklung des Mitgliederstandes der SPÖ, 1950–1989

1950	607 283
1955	691 150
1960	727 265
1965	707 972
1970	719 389
1975	693 156
1980	719 881
1985	685 588
1988	637 469
1989*	617 144

(Quelle: offizielle Angaben der SPÖ, *: interne Hochrechnung)

schon 1950 überschritten hatte – in Richtung auf 600 000 Mitglieder.
Dieser Rückgang der Mitglieder ist, angesichts des Bedeutungsverlustes von Mitgliedern innerhalb aller Parteien überhaupt, weniger von direkter und mehr von indirekter Bedeutung. Die SPÖ zieht immer weniger Menschen an – und das ist nicht nur eine Folge des Verlustes der absoluten Mehrheit. Denn 1970, aus der Opposition heraus, hatte die SPÖ viel mehr Mitglieder als 1989, als sie immerhin noch die mit Abstand stärkste Partei Österreichs und erste Regierungspartei war.
Der Rückgang des Mitgliederstandes zeigt einen Verlust an Heimatqualität auf – die SPÖ verliert, zusätzlich zum relativen Machtverlust, zunehmend auch die Fähigkeit, soziale Wärme zu vermitteln. Die österreichische Sozialdemokratie als Ersatzheimat hat weitgehend ausgedient. Politische Loyalität wird in Österreich eben nicht mehr durch Parteien – auch nicht mehr durch die Sozialdemokratie – organisiert. Die Lager sind kaum noch Lager – sie sind Ruinen, die an eine frühere Größe gemahnen.
Diese Entwicklung ist in der SPÖ noch dramatischer, als es die bloßen Zahlen des Mitgliederstandes aufzeigen. Denn die etwas über 600 000 Mitglieder, mit denen die SPÖ in das letzte Jahrzehnt dieses Jahrhunderts geht, sind zunächst Zahlen für die Kartei: Beobachter der politischen Praxis sozialistischer Organisation weisen darauf hin, daß darunter auch viele Karteileichen verborgen sein müssen. Denn jede Teilorganisation der SPÖ, insbesondere auf der Ebene der Bezirke, ist durch ein internes System von Anreizen dazu verhalten, möglichst viele »Marken« zu verkaufen – wenn ein Bezirk stark nachläßt, verliert er an innerparteilichem Gewicht. Deshalb werden oft Beitrittsmarken »verkauft«, ohne daß dafür immer Käufer vorhanden sind. Dies bedeutet, daß der Abfall in den achtziger Jahren für die SPÖ wohl noch um einiges dramatischer ist, als die bloße Statistik ausweist.
Freilich, die abnehmende Prägekraft der österreichischen Sozialdemokratie ist – zunächst – kein österreichisches Phänomen. Alle Arbeiterparteien Europas haben ihre spezifische Identität mehr oder

minder verloren. Denn die diese Parteien tragende Arbeiterbewegung hat ihren besonderen Charakter eingebüßt – sie ist, ohne wirklich und vollständig erfolgreich gewesen zu sein, in die bestehende Gesellschaft integriert. Sie ist zu einem Teil einer Ordnung geworden, in der die sozioökonomischen Unterschiede grundsätzlich ähnlich dramatisch weiterbestehen wie Jahrzehnte zuvor – Unterschiede, die etwa in der Ungleichheit des Einkommens und Vermögens ausgedrückt werden.

Dieser Verlust an Identität bedeutet Abschied vom Proletariat. Das, was Jahrzehnte davor für die US-amerikanische Arbeiterbewegung diagnostiziert worden ist, muß nun auch die erfolgreichste Partei der Sozialistischen Internationale akzeptieren – die Arbeiterbewegung hat aufgehört, bewegende Kraft der Industriegesellschaft zu sein; die Arbeiter haben aufgehört, sich als Klasse zu begreifen; die Logik einer materialistischen, ökonomischen Vernunft hat der Logik einer postmaterialistischen, nicht mehr unmittelbar ökonomischen Vernunft Platz gemacht. Die Gewerkschaften, traditioneller Teil der traditionellen Arbeiterbewegung, sind vor die Alternative gestellt, entweder »zu einer neokorporativen Kraft und bloß ständischen Interessenorganisation einiger privilegierter Arbeiterkategorien zu werden, (oder) die gesellschaftliche Segmentierung und die Verdrängung wachsender Bevölkerungsteile an den Rand des Arbeitsmarktes (zu verändern).« *(Gorz, 318)*

Eben das hat die österreichische Sozialdemokratie, hat die österreichische Gewerkschaftsbewegung zumindest bisher nicht geschafft: Sie ist nicht zur Avantgarde im politischen Kampf um die Ausweitung der sozialen Rechte zugunsten der sozial Schwachen geworden – weder SPÖ noch ÖVP sind die führenden politischen Anwälte ausländischer Arbeitnehmer, dauernd Arbeitsloser, diskriminierter Frauen. Von einer über das bloß Rhetorische hinausgehenden Solidarität mit den Armen der dritten Welt muß dabei überhaupt geschwiegen werden.

Zur Vermittlung von Heimatgefühlen, zum Aufbau von politischer Loyalität gehört auch die Schaffung von Mythen. Auch das war eine Stärke der österreichischen Sozialdemokratie. Zu diesen My-

then der Sozialdemokratie zählen die Revolution, die zentrale Wirtschaftsplanung und die Verstaatlichung – Mythen, die Thomas Nowotny als die »verblichenen Dogmen« der Sozialdemokratie bezeichnet *(Nowotny, 15–36).*
Von diesen Mythen ist der Mythos der Verstaatlichung für die österreichische Sozialdemokratie von besonderer Bedeutung. Denn die Umwandlung des Privateigentums an Produktionsmittel in Kollektiveigentum stand im Mittelpunkt der Programmatik des Austromarxismus – etwa im Linzer Programm von 1926, aber auch noch im Neuen Parteiprogramm von 1958. Und in der Praxis wurde Kollektivierung immer als Verstaatlichung verstanden.
In Österreich kam der Verstaatlichten Industrie, die auf die beiden Verstaatlichungsgesetze von 1946 und von 1947 baute, überdurchschnittliche Bedeutung zu – mehr als in allen anderen westlichen Demokratien war die österreichische Wirtschaft tatsächlich eine »gemischte«. Und darauf war die österreichische Sozialdemokratie lange Zeit besonders stolz. Nicht ganz zu Recht, denn die Verstaatlichung war eher eine pragmatische Verlegenheitslösung, weil für das »deutsche Eigentum« – und dazu zählten die wichtigsten Industriebetriebe, die größten Banken und die Energiewirtschaft des Landes – unmittelbar nach dem Ende des Zweiten Weltkrieges kein Privateigentümer zur Verfügung stand; auch, weil die sowjetische Besatzungsmacht nach diesem »deutschen Eigentum« griff.
Und so wurden die beiden Verstaatlichungsgesetze gegen den politischen Widerstand der KPÖ und der sowjetischen Behörden von den Sozialisten im Einvernehmen mit der ÖVP beschlossen – wohl die einzige, umfangreiche Verstaatlichung der Geschichte, die so deutliche antikommunistische Vorzeichen trug. Jedenfalls war die Verstaatlichung kein Teil eines bewußt in Szene gesetzten, sozialistischen, gesellschaftspolitischen Experiments. Dennoch nahm sich die SPÖ der Verstaatlichten Industrie besonders an – die Verstaatlichte wurde zum Bestandteil des sozialistischen Lagers, zu einem Mythos besonderer Art.
Mit der Krise der Verstaatlichten Industrie, die Mitte der achtziger Jahre einsetzte, begann auch dieser in Österreich besonders ausge-

prägte Mythos zu schwanken. Und mit diesem Mythos schwankte auch die Sozialdemokratie als Lager. Die Sozialdemokratie verlor in dieser Zeit ihr faktisches Monopol auf die politische Linke – die österreichischen Kommunisten, die zu den schwächsten der westlichen Welt zählten, hatten der SPÖ dieses Monopol niemals wirklich streitig machen können. Doch die aus den neuen sozialen Bewegungen hervorkommenden Grünen waren für linke Wähler nun attraktiv – der Rückgang der SPÖ bei den Wahlen 1983, 1986 und 1990 läßt sich vor allem (wenn auch keineswegs ausschließlich) aus den Verlusten erklären, die das Abwandern von enttäuschten sozialistischen Wählerinnen und Wählern zu den Grünen auslöste.

Die österreichische Sozialdemokratie war Ersatzheimat, war Ersatznation, weil das alte Österreich kaum Heimat und nicht Nation war. Die SPÖ nach 1945 war sicherlich ein wesentlicher Faktor für die Herausbildung eines österreichischen Nationalbewußtseins – die 1889 nicht vorhandene nationalstaatliche Normalität war wohl 1989 einer weitgehenden Normalität gewichen. Hat die Sozialdemokratie in Österreich damit eine besondere historische Aufgabe erfüllt, gleichsam Platzhalter für das Entstehen einer klassen- und lagerübergreifenden Identität zu sein? War die Sozialdemokratie so lange subsidiäres Vaterland, bis Österreich zum Vaterland für alle, auch für die Sozialdemokraten werden konnte?

Die österreichische Sozialdemokratie war jedenfalls vor eine größere Aufgabe gestellt als die Arbeiterparteien in den europäischen Ländern, deren nationalstaatlicher Charakter schon im vorigen Jahrhundert weitgehend unbestritten und selbstverständlich war – die österreichische Sozialdemokratie besorgte eine Ersatzloyalität und Ersatzidentität, die anderswo, etwa in Großbritannien und Frankreich, in Schweden und in Dänemark auch für Sozialdemokraten von der »eigenen« Nation kam. Wenn die nationale Frage Österreichs gelöst ist, wenn die österreichische Identität als eine spezifische Form zwischen anderen europäischen Identitäten außer Streit gestellt ist, dann ist eine wichtige historische Mission der Sozialdemokratie erfüllt; dann hat sich das sozialistische Lager aufgelöst, weil es erfolgreich war; dann braucht der Verlust der

Heimat Sozialdemokratie nicht beklagt zu werden, weil diese Heimat die ihr Angehörigen mit großem historischem Geschick in eine andere Heimat übergeleitet hat. Dann ist die österreichische Sozialdemokratie ein ganz wesentlicher Bestandteil des Prozesses österreichischer Nationswerdung.
Doch wenn die österreichische Identität doch nicht so gefestigt ist? Wenn das österreichische Bewußtsein nicht stark genug ist, den Herausforderungen des deutschen Wandels speziell, des Wandels generell standzuhalten?
Die Heimat Sozialdemokratie ist jedenfalls unwiederbringlich verloren. Was bleibt, das ist eine sozialdemokratische Partei als Transmissionsriemen zwischen gesellschaftlichen Interessen und politischem Handeln. Sie ist eine Partei wie andere auch. Sie ist jedenfalls nicht mehr Lager, sie braucht keine Mythen, sie besitzt keine besondere ein- und ausgrenzende Loyalität. Eine so nüchterne Serviceeinrichtung, Partei genannt, kann nicht wiederum Lager, kann nicht wieder Ersatzheimat werden.
Wenn es also keine gesicherte, spezifisch österreichische Identität gäbe, dann wäre die österreichische Sozialdemokratie nicht mehr in der Lage, abermals – wie vor mehr als hundert Jahren – als Ersatz die Loyalitäten zu erzeugen, die ein politisches System – erst recht, wenn es Demokratie sein will – nun einmal braucht. Die historische Mission der österreichischen Sozialdemokratie ist nur dann erfolgreich erfüllt, wenn die österreichische Identität gesichert ist.

15. Verlorene Heimat Kirche

Österreich ist ein katholisches Land. Etwa acht von zehn Österreicherinnen und Österreichern bekennen sich zur römisch-katholischen Kirche.

Die Kirche ist hegemonial, die Kirche ist dominant. Im Zentrum der Städte stehen die großen Kirchen, und die Dome von Wien und Salzburg sind nicht nur Mittelpunkte der touristischen Aufmerksamkeit, sondern auch des gesellschaftlichen Lebens.

Wenn man ein wenig näher die gesellschaftlichen Strukturen der katholischen Kirche in Österreich untersucht, fallen freilich einige Unebenheiten auf. Da sind zum Beispiel die protestantischen Inseln – im Burgenland, im Salzkammergut, im oberen Ennstal, in Oberkärnten. Und diese protestantischen Inseln sind auch politisch auffällig – diese Inseln weisen oft, entgegen der Sozialstruktur der Gemeinden, sozialistische Mehrheiten auf; oft sind sie auch durch ein starkes freiheitliches (deutschnationales) Element gekennzeichnet. Jörg Haider kommt aus einer solchen Gemeinde des oberösterreichischen Salzkammergutes.

Diese protestantischen Inseln sind Reste eines Widerstandes, der die Gegenreformation überdauert hat. Österreich war im 16. Jahrhundert mehrheitlich protestantisch – doch dann schlug die Gegenreformation zu, dann überredete, überzeugte, zwang die Allianz zwischen Habsburg und Kirche das protestantische Österreich zurück in den Hafen der alleinseligmachenden, eben der römischen Kirche.

Dieses Kollektiverlebnis Österreichs prägte österreichische Identität. Österreich im 19. Jahrhundert, Österreich am Beginn des 20. Jahrhunderts – das war Habsburg und Kirche, das war die Ehe von Thron und Altar. Wer sich gegen dieses Österreich wandte, der kam, früher oder später, auch in Opposition zur Kirche. »Los von Rom«, verkündete Georg Schönerer – und wollte damit die Entstehung einer deutschen, das heißt evangelischen, das heißt lutherischen Nationalkirche fördern. »Los von Rom« – das war auch der

Inhalt der Austrittsbewegung, die im Dunstkreis der Sozialdemokratie entstand – Protest gegen den politischen Katholizismus, Protest gegen den politisierenden Klerus.

Der Antiklerikalismus als Opposition gegen die Verflechtung von Habsburg und Kirche – das war auch ein Element, das das sozialistische und das deutschnationale Lager verband. Aber eben deshalb wurde die katholische Kirche zum Mittelpunkt des christlich-konservativen Lagers. Eben deshalb war die Kirche in Österreich auch ein politisches Angebot – ein Angebot, sich in der Kirche politisch und sozial zu Hause zu fühlen; ein Angebot von Heimat.

Die Kirche war Heimat: dem bäuerlichen Milieu, das – mit Ausnahme weniger, eben auch historisch stark protestantisch geprägter Regionen – katholisch und konservativ war; und zu einer der Säulen der christlichsozialen Partei werden sollte. Die Kirche war auch Heimat der Mehrheitsströmung des Kleinbürgertums – jener, die im ebenso sozialen wie antisemitischen Katholiken Karl Lueger ihre Identifikationsfigur fanden.

Karl Lueger war ein radikaler Demokrat *(Boyer, 184–246).* Seiner politischen Organisationskraft gelang es, die katholische Kirche aus der drohenden Isolierung zu holen – die Christlichsozialen schafften es, der im Bündnis mit den Feudalmächten steckengebliebenen Kirche ein neues, schlagkräftiges, dicht organisiertes, massenbewegendes Element zuzuführen – und eben daraus wurde das christlich-konservative Lager.

Anders als das sozialistische Lager, das eine Neuschöpfung war, organisierte sich das christlich-konservative Lager rund um etwas Bestehendes – um die Kirche, um den Klerus. Die Sozialdemokraten mußten sich eine neue Infrastruktur aufbauen – die Christlichsozialen fanden eine vor.

Der Dienst, den die Christlichsozialen der Kirche erwiesen, zeigte sich erst 1918: Da brach der alte Bündnispartner, der alte verlängerte Arm der Kirche zusammen – die Monarchie, die Kräfte des späten Feudalismus. Aber die Christlichsozialen, die politische Reservemacht der Kirche, standen schon bereit. Sie führten die Kir-

che der Fürsterzbischöfe und Fürstbischöfe aus der drohenden Gefahr der Gettoisierung in die demokratische Republik.
Repräsentant dieses Wandels war Ignaz Seipel. Der Prälat war ein Meister der politischen Adaption. Bis 1918 Monarchist, stellte er in den entscheidenden Tagen des Herbstes dieses Jahres die Weichen in Richtung Republik – und im Verfassungsunterausschuß der Konstituierenden Nationalversammlung war er, neben Otto Bauer und Karl Renner, einflußreicher Architekt des Bundes-Verfassungsgesetzes von 1920.
Der Republikaner, der Demokrat Seipel wandelte sich jedoch nochmals, wiederum in Übereinstimmung mit dem herrschenden Zeitgeist, spätestens ab 1927 – als »Prälat ohne Milde« wurde er zum Befürworter der Aufrüstung des christlich-konservativen Lagers, zum Befürworter des Heimatschutzes.
Kurz nach Seipels Tod, 1933, entwarf Ernst Karl Winter eine faszinierende Studie des österreichischen Katholiken Ignaz Seipel *(Winter).* Winter zeichnete Seipel als die politische Inkarnation der Kirche. Das, was etwa für die Sozialdemokratie entscheidend war – die Frage der Republik, die Frage des Parlamentarismus, die Frage gesellschaftlicher Strukturen schlechthin –, das war für Seipel sekundär. Seipel war immer und jederzeit bereit, sich auf den Boden der realen Verhältnisse zu stellen – und er war bereit, dafür auch den notwendigen theoretischen Überbau zu formulieren. Seipel als die zentrale Figur des christlich-konservativen Lagers in der Ära nach Lueger verdeutlichte somit, worin die Loyalität innerhalb seines Lagers bestand – diese Loyalität galt nicht politischen Prinzipien im engeren Sinn, sie galt der Kirche und deren gesellschaftlichen Ansprüchen.
Und diese Kirche war in der Republik republikanisch, nicht ohne den Antirepublikanern rechtzeitig ideologisch Schützenhilfe zu geben – 1934 nahmen die Bischöfe dankbar zur Kenntnis, daß die autoritäre Verfassung vom 1. Mai »im Namen Gottes« verkündet wurde. Doch als 1938 die führenden Repräsentanten dieses christlichen Ständestaates in die Gefängnisse und Lager des »Dritten Reiches« geschleppt wurden, da waren die Bischöfe, da waren die

Spitzen des Klerus schon wieder auf der Höhe der Zeit – sie riefen ihr »Heil Hitler« und hatten ihr deutsches Wesen entdeckt.
Die Kirche – im Sinne von Bischofskirche, von Kleruskirche – hat in Österreich allzu viele Anpassungen vollzogen. Sie ist, meisterhaft lernfähig, dadurch verbraucht worden. Und sie hat an Glaubwürdigkeit eingebüßt – deshalb ging sie auch in der Zweiten Republik immer stärker auf Distanz zur Tagespolitik, zur Parteipolitik. Und deshalb lockerte die ÖVP, Nachfolgerin der Christlichsozialen Partei, die allzu engen Bindungen an diese Kirche – freilich ohne das kirchliche Milieu zu verlassen.
Die Österreichische Volkspartei verstand sich nicht mehr als verlängerter Arm der Kirche. Deshalb mußte die ÖVP auch eigene Strukturen aufbauen, die nicht direkt die der Kirche waren.
Die ÖVP ist von der Kirche unabhängig – wenn Kirche Kleruskirche, Bischofskirche ist; und doch ist die ÖVP gleichzeitig mit der Kirche eng verflochten, in diesem Sinn von der Kirche abhängig – wenn Kirche die Kirche der aktiven Katholiken, eben die Kirche des katholischen Aktivsegmentes, des katholischen Milieus ist.
Am stärksten kommt dies in der Rekrutierungsbasis der ÖVP zum Ausdruck. Von den neun Bundesparteiobmännern der ÖVP zwischen 1945 und 1990 waren sieben Mitglieder des Österreichischen Cartellverbandes (ÖCV) – des Dachverbandes der katholischen, farbentragenden Studentenverbindungen. Auch die Mehrzahl der Generalsekretäre der ÖVP kam aus dem ÖCV. Und die meisten anderen Spitzenpolitiker, die nicht aus den Reihen dieses katholischen Verbandes kommen, wurden über andere katholische Organisationen politisch sozialisiert und rekrutiert – insbesondere aus der der Katholischen Aktion zuzurechnenden Katholischen Hochschuljugend.
Noch immer sorgt also die Kirche dafür, daß die meisten der die Politik der ÖVP bestimmenden Menschen organisatorisch an die Kirche gebunden sind. Freilich, die kirchliche Basis, aus der sich dieses katholische Aktivsegment der ÖVP speist, schrumpft – der Milieukatholizismus geht zurück.
Eine Ursache dieses Rückganges ist der Schrumpfungsprozeß,

dem die Landwirtschaft in Österreich ebenso unterworfen ist wie in allen anderen europäischen Staaten. Damit ist das gesellschaftliche Segment rückläufig, das die geschlossenste katholische Prägung aufweist.

Andererseits ist es der Kirche nicht gelungen, die im 19. Jahrhundert begründete große soziale Distanz zur Arbeiterschaft zu überbrücken – trotz aller Bemühungen steht dem Schrumpfen des traditionellen katholischen Kernbereiches keine Ausweitung in die sozial fernen Bereiche gegenüber.

Doch der eigentliche Grund ist die – verspätete – Säkularisierung der österreichischen Gesellschaft. Der Mißerfolg der bürgerlichen Revolution in Österreich war auch der Mißerfolg des Liberalismus, dessen Ziel die Trennung von Kirche und Staat, das heißt die Entflechtung von Kirche und Politik war.

Dem politischen Katholizismus kamen in der Zweiten Republik weitgehend die Themen abhanden. Und das kam einer schrittweise nachgeholten bürgerlichen Revolution gleich – statt einer Säkularisierung revolutionärer Art fand in Österreich eine Säkularisierung evolutionärer Art statt – mit Verspätung.

Die großen Themen der Ersten Republik vertrockneten in der Zweiten Republik: Der Streit um die Schule – das Nebeneinander von staatlicher Regelschule und privater Ausnahmeschule ist selbstverständlich geworden; das staatliche Eherecht, einschließlich eines Scheidungsrechtes, wird schon längst nicht mehr in Frage gestellt; der katholische Religionsunterricht ist – auch wegen seiner erkennbaren Harmlosigkeit – kein politisches Thema mehr. Bleibt die Frage der Strafbarkeit der Abtreibung: Im Konflikt über den (alten) § 144 StG blitzte noch, kurz, die alte Frontstellung zwischen politischem Katholizismus und Antiklerikalismus auf. Doch dann war es auch schon vorbei – die ÖVP wagte es, nach dem Scheitern des Volksbegehrens der »Aktion Leben«, nicht mehr, offen gegen die Fristenlösung aufzutreten. Die Säkularisierung war abgeschlossen.

Sie ist faktisch abgeschlossen – formell gibt es noch viele Verbindungen zwischen Kirche und Staat, zwischen Kirche und Politik:

Tabelle 12, Teil 1: Gottesdienstteilnehmer in Österreich

	Zählsonntag Fastenzeit	Zählsonntag im September
1976	1676631	1670320
1977	1674353	1650821
1980	1616797	1591791
1981	1610370	1605815
1983	1549797	1530667
1985	1459917	1487873
1988	1376250	1397679
1989	1369868	1372361

(Quelle: Angaben der Erzdiözese Wien, Wien 1990)

Tabelle 12, Teil 2: Gottesdienstteilnehmer in Westösterreich

»Wie häufig besuchen Sie den Gottesdienst?«	
jeden Sonntag	24,5%
etwa einmal im Monat	19,5%
eher selten	40,2%
nie	14,7%
keine Antwort	1,1%

»Wenn Sie 15 bis 20 Jahre zurückdenken, wie war das damals mit dem Gottesdienstbesuch?«	
genauso wie jetzt	42,9%
öfter als jetzt	36,9%
seltener als jetzt	7,0%
keine Antwort	13,2%

(Quelle: Telefonumfrage des Instituts für Konfliktforschung im Auftrag des Instituts für Politikwissenschaft Innsbruck, »Grundmuster politischer Einstellungen in Westösterreich (Vorarlberg, Tirol, Salzburg)«, Juli 1990, N = 1521)

die Theologischen Fakultäten, die vom Staat finanziert werden; die Militärseelsorge, die Priester zu (ebenfalls staatlich bezahlten) Offizieren macht; die Pädagogischen Akademien, die der Kirche Einfluß bei der Lehrerausbildung einräumen – und damit, im Sinne des Schulproporzes, sind wiederum Kirche und ÖVP aneinander gebunden.
Doch diese Verflechtungen sind weitgehend sinnentleert. Denn das Aktivsegment, das noch mit der Kirche lebt, ist schon längst Minderheit. Die Kirche in Österreich ist eine Diaspora-Kirche. Die Katholiken leben in einer weitgehend unchristlichen Umwelt. Die verbliebenen Rituale – Taufe, Ehe, Begräbnis – sind Brauchtum. Und der Gottesdienstbesuch geht seit langem Schritt für Schritt zurück.
Sogar in den traditionell am stärksten kirchlich geprägten Bundesländern Salzburg, Tirol und Vorarlberg ist die kirchliche Bindung ein Minderheitenphänomen geworden. Die Mehrzahl der Katholiken lebt längst nicht mehr mit der Kirche mit. Kirche ist ein Stück Brauchtum. Doch Kirche stiftet nicht mehr Identität, jedenfalls nicht mehr für die Mehrheit der Katholiken.
Und das Brauchtum Kirche arbeitet gegen die Bindung an die Kirche. Religiöse Erziehung, in der traditionellen Form, macht krank – und religiöse Erziehung begünstigt Religionsverlust *(Ringel, Kirchmayr).*
Doch noch hält die Fassade. Noch wiegen die so sichtbaren Restbestände der Gegenreformation, also des Barockkatholizismus, die Kirche in Sicherheit. Und noch geht es der Kirche – an der Oberfläche – gut. Denn in Österreich sorgt der Staat für die Kirche: durch direkte Zuwendungen finanzieller Art; durch organisatorische Privilegierungen (Militärseelsorge, Fakultäten, Pädagogische Akademien, Religionsunterricht). Und insbesondere sorgt der Staat für die Kirche durch das System des Kirchenbeitrags – ein nahezu einmaliges, aus Deutschland von Adolf Hitler nach Österreich importiertes System, das die Kirche in die Nähe einer mit Zwangsmitgliedschaft ausgestatteten Kammer bringt.
Aber allmählich bröckelt die Fassade. Seit Jahren, seit Jahrzehnten

steigt die Zahl der Austritte aus der Kirche. Seit Jahren, seit Jahrzehnten beträgt die Relation von Austritten und Eintritten etwa 10:1.

Sicherlich, die Katholiken, die aus der Kirche austreten, vollziehen damit nur formell das nach, was faktisch schon längst bestanden hat – eine große Distanz zur Kirche. Aber ebenso sicher ist, daß dies auch der letzte Ausdruck einer umfassenden Entfremdung ist – die Kirchenaustritte sind ein Indikator für den Kompetenzverlust der Kirche. Die Kirche ist immer weniger in der Lage, Menschen zu binden, Menschen Heimat zu sein.

Tabelle 13: Kirchenaus- und -eintritte in Österreich (bezogen auf die römisch-katholische Kirche)

Jahr	Austritte	Eintritte
1973	19601	1211
1974	21122	1427
1975	21107	2099
1976	22616	1166
1977	22045	2161
1978	22371	1630
1979	21760	2580
1980	25126	2529
1981	26653	2619
1982	32464	2798
1983	33592	3017
1984	32927	2210
1985	33322	(?)
1986	33411	3139
1987	35168	2484
1988	35800	3379
1989	37422	3524

(Quelle: Angaben der Kirchenbeitragsstelle Innsbruck)

Dieses Abbröckeln, dieses Schrumpfen ist lange Zeit hindurch zugedeckt worden. Aufgeklärte kirchliche Eliten und aufgeklärte politische Eliten – insbesondere aus den Reihen der Sozialdemokratie – haben in Form eines Abtausches der Interessen »Aussöhnung« betrieben. Dadurch wurde die Konfrontation zwischen sozialdemokratischem Antiklerikalismus und politischem Katholizismus in der Zweiten Republik vermieden – ohne daß dadurch die Kirche wirklich in neue gesellschaftliche Milieus vorgestoßen wäre *(Steger)*.

Versöhnung und Dialog zwischen Kirche und Sozialdemokratie haben zwar bestimmten Repräsentanten der Kirchen, allen voran Franz König, hohes intellektuelles und moralisches Ansehen gebracht – aber am Dilemma einer schrumpfenden Kirche, eines Milieus mit abnehmender Prägekraft, einer wachsenden Entfremdung und eines Heimatverlustes hat dies alles nichts zu ändern vermocht. Dazu kommt noch, daß die Kirche zunehmend fundamentalistisch-sektiererische Züge annimmt – in der Ära nach Kardinal König wird die Kirche immer mehr von Phänomenen beherrscht, die ihre wachsende gesellschaftliche Isolierung noch unterstreichen: Da gibt es Engelswerke und Geheimgesellschaften, Exorzismen und Marienerscheinungen.

Und vor allem gibt es die wachsende Distanz zwischen einer grundsätzlich frauenfeindlichen Struktur der Kirche auf der einen Seite, der zunehmenden Bedeutung von Frauen für die Gesellschaft auf der anderen Seite: Während die Parteien, einschließlich der ÖVP, demonstrativ den Anteil der Frauen in der Politik steigern, verwehren österreichische Bischöfe kleinen Mädchen das Recht, beim Gottesdienst zu ministrieren. Und während alle bedeutenden protestantischen Kirchen Frauen zu allen Funktionen – einschließlich der Bischofsfunktion – zulassen, erfinden katholische Theologen, von Rom darin bestärkt, immer neue Begründungen, warum Frauen das Priesteramt versperrt sein muß.

Das alles ist Ausdruck eines Gettos, in dem die Kirche schon ist – und in das sie sich immer mehr zurückzieht. In diesem Getto gibt es sicherlich Heimat, Identität, Loyalität. Aber in diesem Getto

fühlt sich nur eine Minderheit der Minderheit zu Hause – alles spricht dafür, daß die Mehrheit der aktiven Katholiken die wachsende Isolation der Kirche mit Sorge verfolgt. Doch diese Mehrheit in der Minderheit muß zur Kenntnis nehmen, daß ihre Kirche keine ist, die auf demokratische Impulse hört. Die offizielle Kirche ist ja geradezu stolz darauf, daß sie keine wirkliche Mitbestimmung von unten kennt. Damit hat die Kirche aber kein Korrektiv, das sie an gesellschaftliche Trends bindet. Und deshalb geht die katholische Kirche mutig in eine immer größere Isolierung.
Das hat der Protestantismus der katholischen Kirche voraus: Im Protestantismus existieren viele Kirchen nebeneinander. Der Protestantismus befriedigt viele religiöse Bedürfnisse. Und deshalb gibt es, etwa in den USA, protestantische Teufelsaustreiber neben protestantischen Aufklärern; können Protestanten ihre Bedürfnisse in fundamentalistischen Kirchen befriedigen oder auch in liberal-säkularisierten. Die katholische Kirche hat ihre Einheit bewahrt – um den Preis sozialer Sensibilität.
Für Österreich ist dieser Abstieg der Kirche von großer Bedeutung. Denn Österreich hat ein gutes Stück Identität aus dem Katholizismus bezogen. Habsburg und die katholische Romantik, die katholische Sozialreform und dann eben das christlich-konservative Lager: diese kulturellen und politischen Stützungen des alten Österreich kamen aus der katholischen Kirche.
Das wird die Kirche der Zukunft nicht mehr leisten können – die verspätete Säkularisierung bedeutet, daß die Kirche tendenziell zur Sekte wird und ihre Fähigkeit, Identität zu vermitteln, für die wachsende Mehrheit in Österreich schon eingebüßt hat.

D. ANGEBOTE

16. Die erste These: Österreich als deutscher Staat

Kaum war Erdmanns Buch mit dem Untertitel »Drei Staaten, zwei Nationen, ein Volk?« erschienen, da machten sich zwei der von ihm angesprochenen drei Staaten daran, sich zu vereinigen. Was bedeutet dies für den dritten der von Erdmann als »deutsch« bezeichneten Staaten, für Österreich?

Deutschland, das heißt zunächst die Bundesrepublik, ist der mit Abstand wichtigste Nachbarstaat Österreichs. Mit Deutschland ist Österreich wirtschaftlich verbunden: Die Bundesrepublik ist mit Abstand der wichtigste Handelspartner Österreichs; der größte Teil der nach Österreich importierten Waren kommt aus Deutschland, und Deutschland ist der mit deutlichem Abstand wichtigste Absatzmarkt des österreichischen Exports.

Österreich ist mit Deutschland kulturell eng verbunden: Das österreichische Verlagswesen, das österreichische Pressewesen, die österreichischen Theater sind eng mit Deutschland verflochten. Insbesondere im Bereich der Printmedien – Bücher und Zeitungen – ist diese Verbindung die zwischen Zentrum und Peripherie: Wesentliche Entscheidungen, die Österreich betreffen, werden in Deutschland getroffen. Dies gilt erst recht für den Bereich der elektronischen Medien: Österreich erhält im wesentlichen ein Fernsehprogramm, das zum Großteil entweder in Deutschland gemacht oder – wenn in den USA oder anderswo produziert – für Deutschland adaptiert ist.

Österreich ist von Deutschland abhängig. Freilich: Diese Abhängigkeit ist die eines kleinen Staates von einem großen Staat; eines relativ wohlhabenden von einem noch wohlhabenderen Staat. Diese Verflechtung, die gleichzeitig Abhängigkeit bedeutet, hat nicht verhindert, daß Österreich – gemessen an den empirischen Befunden – ab 1945 zunehmend als eigenständige Identität, und das heißt vor allem in Abgrenzung zu einer deutschen Identität, empfunden wird.

Diese Befunde zeigen, wie relativ wirtschaftliche und kulturelle Abhängigkeit ist: Die wirtschaftliche Verflechtung zwischen dem klein gewordenen Österreich und der Deutschen Republik nach 1918 war insgesamt deutlich geringer als das, was sich in vielfältiger Verbindung zwischen Österreich und der Bundesrepublik Deutschland ab 1949 entwickeln konnte. Doch die geringere Abhängigkeit änderte nichts daran, daß die Erste Republik voll von Sehnsucht nach dem Anschluß an den großen Bruder Deutschland war – während die Zweite Republik ihre viel größere Verflechtung mit Deutschland mit einer zunehmenden Abgrenzung gegenüber einer deutschen Identität zu verbinden verstand.
Österreich verdankt seine Unabhängigkeit von Deutschland auch der Konstellation der Jahre nach 1918 und nach 1945. Es war die Absicht der Siegermächte beider Weltkriege, den deutschen Gegner zu schwächen – und deshalb sollte Deutschland nicht zu groß sein, sollte jedenfalls Österreich nicht zu Deutschland kommen. 1919, in St-Germain, mußte Österreich der »Anschluß« ausdrücklich verboten werden. 1955, beim Staatsvertrag in Wien, fehlte dieser Druck von außen. Österreich erklärte aus eindeutig freien Stükken, auf jeden »Anschluß« an Deutschland verzichten zu wollen. Österreich war, Österreich schien zumindest gefestigt – frei von jeder Versuchung, nochmals den »deutschen Weg« zu gehen.
Österreichs »deutscher Weg«, Österreichs »deutsche Mission« waren vorbei. Sie hatten auch nicht allzu lang gedauert – 1848, wäre die bürgerliche Revolution gegen Habsburg und gegen Hohenzollern geglückt, hätte es eine deutsche Republik unter Einschluß eines Großteils des alten Österreich gegeben. Doch diese Chance der demokratischen, der bürgerlich-revolutionären Legitimation des österreichischen Deutschnationalismus verstrich; wie auch die Chance des republikanisch-sozialdemokratischen Deutschnationalismus der Jahre 1918 und 1919. Was blieb, das war die Erinnerung, und das war eine sich ab 1933 immer häßlicher gebärdende Realität eines antisemitischen, antidemokratischen, antiliberalen Deutschnationalismus.
1945 und, nochmals, 1955 schien Österreich aus dieser Geschichte

gelernt zu haben. Abschied von der deutschen Geschichte, das hieß Hinwendung zur österreichischen Identität, zu einer Identität, die eben ganz bewußt nicht »deutsch« sein wollte.
Dennoch: Es blieb ein Verdacht des Opportunismus. Der Deutschnationalismus, für den Jörg Haider stand und steht, wollte die Anti-Anschluß-Philosophie des Staatsvertrages immer nur als realpolitische Konzession an gegebene, auf absehbare Zeit unveränderbare Realitäten verstanden wissen. Und auch von anderer Seite wurde die betonte Österreich-Identität der Nachkriegszeit kritisch befragt – so etwa im Zusammenhang mit dem »Fall Waldheim«, als österreichischer Patriotismus nun plötzlich dem Verdacht ausgesetzt war, eine billige Flucht vor historischer Verantwortung zu sein. F. Parkinson schrieb:

> »Zwischen 1938 und – spätestens – 1945 war der Nazismus die vorherrschende politische Norm in Österreich . . . 1945 erlitten Österreich und Deutschland zusammen eine vollständige militärische Niederlage. Die Macht der Nazis war zerschlagen, die Autorität der Alliierten erwies sich als überlegen. Die meisten Österreicher waren von diesem Kriegsausgang ebenso geschockt wie die meisten Deutschen, sie waren ebenso über ihre Zukunftsaussichten verunsichert.« *(Parkinson, 322f.)*

Da war er, der Verdacht, österreichische Identität wäre nur die Flucht aus der – deutschen – Verantwortung. Und dieser Verdacht hatte ein Argument für sich: 1945 und danach, insbesondere auch 1955, machte es sich für Österreich bezahlt, nicht »deutsch« sein zu wollen; von jeder deutschen Identität Abstand zu halten.
Doch das alles hat sich geändert. 1989 trat die deutsche Vereinigung, auch deutsche Wiedervereinigung genannt, auf die Tagesordnung der Weltpolitik. Deutschsein war wieder gefragt, Deutschsein war wieder »in«. Auch wenn die Ängste der Polen oder Franzosen die Weichenstellungen zur deutschen Einigung begleiteten – allen in Europa war klar, daß das neue, große Deutschland die wirtschaftliche Vormacht des Kontinents sein würde; und daß diese

wirtschaftliche Macht, gerade nach den zu dieser Zeit populär gewordenen Thesen Paul Kennedys *(Kennedy),* die Grundlage für eine neue politische und militärische Machtstellung sein müßte.
Nun war, nun ist plötzlich alles verkehrt: Die weltpolitische Prämie für eine von Deutschland deutlich abgesonderte, österreichische Identität ist zur Gänze verbraucht. Eine neue Prämie, ein neuer Anreiz zeichnet sich ab – es könnte sich nun »auszahlen«, wieder »deutsch« zu sein.
Dazu gibt es auch Stimmen aus dem Ausland: Österreich sei doch ein »deutscher Staat«. Erdmanns »wissenschaftliche« Behauptungen finden journalistischen Niederschlag in französischen oder britischen Zeitungen. Was bei Erdmann positiv tönt, ist bei diesen Journalen eine skeptische Fragestellung: Wird Österreich den Deutschen widerstehen können?
Die österreichische Identität ist nun tatsächlich vor die große Probe gestellt. Nun muß sich erweisen, ob sie mehr war als ein auf einem opportunistischen Kalkül bauende Strategie – nun wird sich zeigen, ob sie Substanz hat.
Zur österreichisch-deutschen Befindlichkeit gab und gibt es viele Untersuchungen. Dazu gibt es auch systematische Beobachtungen – etwa die starke Emotionalität, die deutsch-österreichische Wettbewerbe im Spitzensport auslösen. Tief sitzen auch die Klischees, die Österreicher(innen) von Deutschen und Deutsche von Österreicher(innen) haben. Österreichern werden die Eigenschaften »gesellig«, »sympathisch«, »friedliebend«, aber auch »langsam« und »konservativ« sowie »altmodisch« von Deutschen signifikant häufiger zugeschrieben als umgekehrt; den Deutschen werden, von Österreichern, signifikant häufiger Eigenschaften wie »schnell«, »fortschrittlich«, »zielstrebig«, »erfolgreich« und »modern« zugewiesen – aber auch »laut«, »streitsüchtig«, »unsympathisch« und »ungesellig«. Und während Deutsche als das herausragendste Talent der Österreicher das »zum Musizieren und Singen« sehen, gilt den Österreichern als herausragendes deutsches Talent das Talent »zum Reden« *(Journal für Sozialforschung, 1/1990, 138 f.).*
Ist das schon Substanz, wenn von 1 000 Österreichern nur 63 Pro-

Tabelle 14: Typisch Deutsche/Österreicher: Die Sicht der jeweils anderen

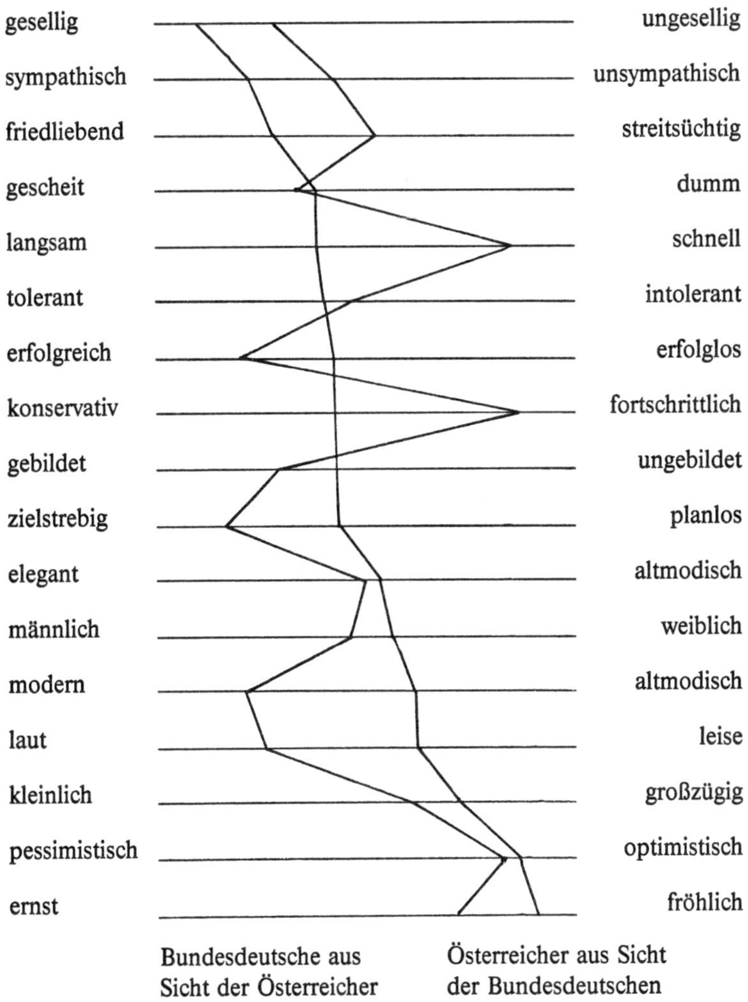

(Quelle: GFK 1989, N = 2 × 1000)

zent in Hitler einen Österreicher (von 1000 Deutschen sehen immerhin 70 Prozent in Hitler einen Österreicher), während 42 Prozent der Österreicher in Beethoven einen Österreicher sehen wollen – den aber 66 Prozent der Deutschen für sich beanspruchen? *(Journal für Sozialforschung, 1/1990, 140)*

Das alles hat sicherlich auch mit Generation zu tun. Dieselbe Veröffentlichung von Meinungsprofilen aus dem Jahr 1989 hat ergeben, daß zwar 21 Prozent aller Bürgerinnen und Bürger der Bundesrepublik Deutschland Österreich als das – nach Deutschland – »sympathischste« Land sehen. Österreich führt damit überlegen vor dem zweitplazierten Frankreich, auf das 12 Prozent Zustimmung entfallen ist. Aber gleichzeitig sind die Sympathiewerte für Österreich bei den Bundesdeutschen in der älteren Generation signifikant höher als bei den Jüngeren. In der Gruppe der 16- bis 29jährigen Deutschen führt bereits Frankreich, das hier von 15 Prozent der Befragten als sympathischstes Land angegeben wird, während Österreich mit 13 Prozent an zweiter Stelle liegt *(Journal für Sozialforschung, 1/1990, 135).*

Ein Generationsproblem? Auch. Doch ist dies noch alles vor den Auswirkungen des deutschen Sogs, vor der Begeisterungswelle erhoben worden, die die deutsche Einigung auch in der Bundesrepublik, gerade in der Bundesrepublik, ausgelöst hat. Die Betonung der »kleinen« Identität muß erst der Herausforderung standhalten, die durch die positive Neubewertung der »großen« – eben deutschen – Identität besteht; eine Neubewertung, die offenkundig das Ergebnis des deutschen Einigungsprozesses ist.

17. Die zweite These: Österreich als Zentrum Mitteleuropas

Als sich 1989 und 1990 die Grenzen Österreichs zunächst zu Ungarn und dann zur ČSFR öffneten, da erhielt ein alter, immer wieder benutzter Begriff plötzlich eine – mögliche – materielle Basis: Mitteleuropa. Mitteleuropa als ein von der Geschichte definierter, in der Zukunft wichtiger Raum – irgendwo und irgendwie zwischen Deutschland und Rußland, zwischen Italien und der Ostsee. Und irgendwo und irgendwie mit Österreich als Mittelpunkt – und wenn schon nicht mit Österreich, dann zumindest mit Wien; und wenn schon nicht mit Wien, dann mit dem Dreieck Prag-Wien-Budapest als Zentralraum.

Mitteleuropa ist ein ebenso faszinierender wie schillernder Begriff. Alle haben sie ihr Mitteleuropa:

- Die (österreichischen) Deutschnationalen und deutschen Expansionisten, die sogar eine Art Vorkaufsrecht auf den Begriff haben – können sie doch auf eine zumindest lange Zeit herrschende Deutung des von Friedrich Naumann im Ersten Weltkrieg geschaffenen Konzeptes »Mitteleuropa« verweisen; ein Mitteleuropa als Glacis für den deutschen Imperialismus.
- Die altösterreichischen Nostalgiker – für sie ist Mitteleuropa eigentlich nur eine Umschreibung für das alte Reich, dessen historische Konturen eben mit Mitteleuropa gleichgesetzt werden.
- Die (bis 1989 hoch aktuellen) Antikommunisten, denen Mitteleuropa ein intellektuelles Instrument zur Rechtfertigung antisowjetischer Tendenzen war.
- Und schließlich diejenigen, die in ihren kleinen Staaten auf der Suche nach der eigenen nationalen Identität waren und denen Mitteleuropa die Chance bot, »eine gemeinsame geschriebene Geschichte als Weg zu einer gemeinsamen Identität« zu entwikkeln *(Busek, 10)*.

Mitteleuropa kann also einmal als Peripherie eines (deutschen)

Großraumes definiert werden – und dann wiederum als Emanzipationsversuch von verschiedenen (deutschen oder russischen) Zentralen. Mitteleuropa ist wehmütiger Rückblick oder auch utopischer Vorausblick.

Für Österreich ist Mitteleuropa unter einer Voraussetzung ein interessanter Begriff – dann, wenn Mitteleuropa als Absage sowohl an den Pangermanismus als auch an den Panslawismus verstanden wird. Etwas zweites müßte noch hinzutreten: Mitteleuropa muß mehr sein als ein Thema für Feuilletons und Symposien. Mitteleuropa muß politisch, wirtschaftlich und kulturell Gestalt annehmen, muß spürbar werden.

Eigentlich hat das Thema »Mitteleuropa« eine höchst spannende Vorgeschichte aus der Zeit zwischen den beiden Weltkriegen. Da war einmal die immer wieder durch die Debatte geisternde Idee Donau-Konföderation, also einer eher losen, vor allem wirtschaftlich orientierten Kooperation der Nachfolgestaaten der Monarchie. Diese Idee sollte die Überbrückung zwischen den des Revisionismus verdächtigen Staaten Ungarn und Österreich auf der einen Seite, den Ländern der »Kleinen Entente« auf der anderen Seite ermöglichen.

Und da war der Griff Italiens an die Donau – die von Mussolini, Gömbös und Dollfuß geschmiedete Mini-Achse zwischen Rom, Wien und Budapest *(Kerekes)*.

Beide Konstrukte konnten letztendlich dem deutschen Expansionsdrang nichts entgegensetzen. Der Raum Mitteleuropa wurde vom deutschen Kriegs- und Vernichtungsapparat überzogen, nur um dann größtenteils sowjetisches (und damit auch russisches) Vorfeld, eben Glacis zu werden.

Österreich war die Ausnahme – Österreich war Jahrzehnte hindurch die einzige westliche Demokratie in diesem Raum; Österreich hatte sich, auch durch Nutzung der Idee einer nach Schweizer Vorbild gestalteten Neutralität, der Satellisierung – nach welcher Seite auch immer – zu entziehen vermocht. Was wäre also naheliegender, als nach dem Ende des militärischen, politischen und wirtschaftlichen Peripherie-Status der anderen Staaten Mitteleuropas Wien und Österreich zum Ausgangspunkt einer Renaissance der Idee Mitteleuropa zu machen?

Folgt man nicht Naumanns Idee, setzt man also Mitteleuropa von den Interessen Deutschlands ab, dann verspricht, auf den ersten Blick, diese Konzeption tatsächlich eine Antithese zu jeder spezifisch deutschen Aufgabe Österreichs zu sein. Österreich ist dann nicht das Sprungbrett der deutschen Expansion in den Südosten – Österreich ist dann vielmehr ein Puffer zwischen der deutschen und der mitteleuropäischen Sphäre. Österreich ist, folgt man diesem Gedanken, eben nicht Ostmark, sondern Westmark.

So weit, so gut. Verbindend ist vor allem eine Problemstellung – im Raum Mitteleuropa sind tatsächlich die Abweichungen vom traditionellen Nationalstaat eine gemeinsame Dimension. »In Ostmitteleuropa gibt es bis zum heutigen Tag keine Deckungsgleichheit von Nation und Staat.« *(Brix, 53)*

Mitteleuropa ist also der europäische Raum, in dem die Frage nach der nationalen Identität ähnlich gestellt und ähnlich beantwortet wird – oder eben auch nicht. Mitteleuropa ist vereint durch einen Mangel – oder auch durch eine Chance, durch die Chance, der vereinfachenden Schwarz-Weiß-Denkweise etwas Komplexeres und damit Realistischeres entgegenzustellen: An die Stelle der naiven Fiktion, der verführerische Dreiklang »Staat – Nation – Volk« wäre immer eindeutig und klar, könnte in diesem Raum die skeptische Phantasie treten.

Und Österreich wäre aufgerufen, sich daran zu beteiligen – keineswegs als Vormacht, aber immerhin als ein Zentrum. Die österreichische Identität könnte daraus, eben aus dieser Gemeinsamkeit der Nichteindeutigkeit, besondere Anregung gewinnen.

Doch wollen das die Österreicher? Ist dieses Mitteleuropa, die Stütze der österreichischen Identität, nicht doch nur eine Kopfgeburt von Intellektuellen, die einem – ehrenwerten – Wunschdenken anhängen?

Österreich hatte ja eine Chance, dieses Mitteleuropa der skeptischen Phantasie herzustellen. Und diese Chance wurde vertan – vor allem durch die Skepsis- und Phantasieverweigerung derer,

die den Raum des heutigen Österreich (und den Raum des heutigen Ungarn) beherrschten – durch die ihre Privilegien verteidigenden Deutschen und Magyaren.
In einer Studie über die verschiedenen nationalen Identitäten im österreichischen Galizien konzediert Andrei S. Markovits dem alten Reich, daß es auch in der östlichsten seiner Provinzen zwei Funktionen zufriedenstellend erfüllte – die Herstellung einer Infrastruktur zur Sicherung der materiellen Existenz und den Aufbau eines politischen Regelmechanismus zur Lösung sozialer Konflikte. Aber am Beispiel Galiziens wird auch deutlich, daß eine andere Funktion im alten Österreich nicht erfüllt wurde – die systematische Beteiligung der Bevölkerung am politischen Entscheidungsprozeß *(Markovits, 7 f.).*
Das alte Österreich erfüllte seine Mitteleuropa-Funktion deshalb nicht, weil es nicht den demokratischen Ausgleich zwischen den verschiedenen ethnischen und sozialen Gruppen schaffte. Und es schaffte den sozialen Ausgleich nicht, weil es nicht die Kraft fand, überholte politische Strukturen umzuwandeln, zu demokratisieren, zu verwestlichen.
Dahinter stand das Dilemma des alten Österreich – die Beteiligung von Teilen der Bevölkerung, insbesondere der relativ privilegierten Deutschen und Magyaren, führte zum verstärkten Aus-

Tabelle 15: Einstellung der Österreicher zu mittel- und osteuropäischen Flüchtlingen

»Die Flüchtlinge mißbrauchen die Leistungen unseres sozialen Systems.«

Stimme zu	49%
Lehne ab	39%
Keine Antwort	12%

N = 1008
(Quelle: Institut für Konfliktforschung, März 1990)

schluß der anderen – der Nicht-Deutschen und der Nicht-Magyaren. Die Umwandlung des alten, verspäteten Österreich in die Vereinigten Staaten von Groß-Österreich hätte die Aufklärung der Privilegierten vorausgesetzt – und eine solche Aufklärung war nicht, jedenfalls nicht im ausreichenden Maße, gegeben.

Und das hat sich nicht geändert. Als Anfang 1990 einige tausend Rumänen aus den Wirren ihres Landes nach Österreich kamen, da sperrten sich nicht primär die politischen Eliten – da kam der Widerstand gegen Menschen, die zu einem guten Teil aus Gebieten des alten Österreich-Ungarn kamen, die also Mitteleuropäer waren, direkt aus der österreichischen Bevölkerung.

Eigentlich hat sich nichts Entscheidendes geändert. Österreich grenzt sich ab – gegen Mitteleuropa. Österreich verteidigt seine Privilegien.

Schon einmal ist aus Mitteleuropa, schon einmal ist von Österreichs mitteleuropäischer Sendung der entscheidende Funke ausgegangen, der eine globale Welle von Gewalt ausgelöst hat. Warum sollte Europa eine Konstruktion anstreben oder auch nur zulassen, in der so vieles an die Zeit vor 1914 erinnert? Warum sollte Österreich nochmals eine Chance bekommen, nachdem die eine, große, einmalige Möglichkeit vertan worden ist?

Die Deutschen im alten Österreich, als deren Nachfolger ja die heutigen Österreicher betrachtet werden, sind auch die Träger der Enttäuschung – der Enttäuschung über dieses alte Österreich, der Enttäuschung dieses alten Österreichs. Die »Alt-Österreicher« haben ja gerade auch diejenigen maßlos enttäuscht, die sich im besonderen Ausmaß anzupassen bereit waren – die Juden.

Das österreichische Judentum war mehr als nur bereit, sich zu assimilieren, das heißt, sich zu germanisieren oder zu magyarisieren *(Pulzer, 132–137).* Diejenigen also, die – Resultat ihrer besonderen Situation – zur Integration in das (deutsch-)österreichische Zentrum Mitteleuropas bereit waren, wurden von diesem Zentrum mörderisch enttäuscht.

Was bleibt, das ist der Versuch einer nüchternen Gegensteuerung zum neuen, sich abzeichnenden Schwerpunkt Gesamtdeutschland.

Das Dreieck Wien-Budapest-Prag als Gegengewicht zum neuen Berlin?
Doch der Zug der Geschichte ist schon längst in eine andere Richtung abgefahren. Nicht nur, daß die alten Vorurteile gegen die nicht deutschsprechenden Völker Mitteleuropas im deutschsprechenden Österreich lebendig sind wie einst – die herrschende Befindlichkeit, repräsentiert durch die beiden Großparteien, gestärkt durch die für entscheidend gehaltenen wirtschaftlichen Interessen, hat schon längst die österreichische Fahne in den europäischen Wind gehängt. Und dieser europäische Wind heißt, auch nach dem Schicksalsjahr 1989, nach wie vor Westeuropa; und nicht Mitteleuropa. Es ist ein Westeuropa, in dem Gesamtdeutschland die wichtigste wirtschaftliche Rolle zu spielen hat. Mitteleuropa – das ist, wenn es überhaupt mehr als Nostalgie und Erinnerung ist, ein sympathisches Kulturprogramm, eben eine intellektuelle Kopfgeburt. Mitteleuropa ist ganz offenkundig nicht die bewegende Alternative zum Gravitationszentrum Gesamtdeutschland.

18. Versuchung der Größe – Europa als mögliche Synthese

Im Jänner 1990 wurde bei einer Untersuchung, die die Einstellung der Österreicher zu Europa erheben sollte, auch die Einstellung zu den verschiedenen Staaten und Völkern in der österreichischen Nachbarschaft untersucht. Das Ergebnis war, daß die Bundesrepublik Deutschland den stärksten Grad an Verwandtschaft zugebilligt erhielt – allerdings nur österreichweit. In den Bundesländern Wien und Burgenland war die Bundesrepublik nur Nummer zwei – hinter Ungarn. Und noch etwas fiel auf: Die ausdrücklich getrennt ge-

Tabelle 16: Subjektive Verwandtschaft Österreichs mit benachbarten Staaten und Völkern

Frage: »Ich lese Ihnen jetzt Staaten und Völker vor, die sich in Nachbarschaft mit Österreich befinden. Sagen Sie mir bei jedem dieser Völker, wie stark die Verwandtschaft mit Österreich ist: 1 = sehr eng verwandt, 5 = völlig fremd.«

Ungarn	2,15
BRD	1,99
DDR	2,98
Tschechoslowakei	2,88
Italien	3,22
Schweiz	2,90
Slowenien	3,17
Kroatien	3,40
Serbien	3,71
Polen	3,87
Rumänien	3,88

(Quelle: IFES, Jänner 1990; N = 1798)

messene Verwandtschaft gegenüber der DDR zeigte, daß eine bloß als »deutschnational« bewertende Einstufung dieses Ergebnisses nicht möglich ist. Die DDR war auch österreichweit hinter Ungarn, der ČSFR und der Schweiz gereiht.
Dieses Bild des österreichischen Bewußtseins zeigt, daß Sympathien gegenüber benachbarten Völkern und Staaten politisch flexibel sind. Oder, anders ausgedrückt: Anfang 1990 war, in den Augen der Österreicherinnen und Österreicher, der Begriff »deutsch« nach wie vor signifikant aufgespalten – in einen westlichen und einen östlichen Begriff, in ein westliches und in ein östliches deutsches Volk.
In derselben Untersuchung wurde auch die Einstellung gegenüber einem Beitritt Österreichs zur EG erhoben. Eine deutliche Mehrheit erklärte, bei einer eventuellen Volksabstimmung für einen solchen Beitritt stimmen zu wollen. Allerdings war dies eine Mehrheit, die – angesichts der vielen Unentschlossenen – keineswegs als endgültig angesehen werden kann. Und noch etwas fällt bei diesem Ergebnis auf: Die Zahl derer, die entschieden für den österreichischen Beitritt sind, schwankt kaum nach dem Alter – sehr wohl aber gibt es diese Verbindung zwischen Alter und Einstellung, wenn man die Ablehnung des EG-Beitritts untersucht. Je jünger die Österreicherinnen und Österreicher, desto wahrscheinlicher ist es, daß sie gegen einen Beitritt zur EG sind.
Dazu kommen auch noch die regionalen Schwankungen – in Tirol gibt es überhaupt keine Mehrheit für den EG-Beitritt, im Burgenland hingegen ist die Zustimmung geradezu überwältigend.
Vorsichtige Zustimmung, aber vieles ist noch offen: das ist die österreichische Befindlichkeit gegenüber einem großen Europa, gegenüber einer EG unter Einschluß Österreichs. Doch die Weichen in Richtung eines solchen Beitritts waren zu diesem Zeitpunkt ja schon gestellt: Im Juli 1989 hatte Österreich, das heißt die Koalitionsregierung SPÖ/ÖVP, das Ansuchen um Beitritt zur EG bereits in aller Form in Brüssel überreicht.
Was hier auffällt, das ist die an die Hochblüte der elitären Demokratie gemahnende Avantgarde-Rolle der Großparteien: Obwohl

Tabelle 17: Einstellung zum österreichischen Beitritt zur EG

Frage: »Wenn nächsten Sonntag eine Volksabstimmung über einen Beitritt Österreichs zur Europäischen Gemeinschaft wäre, würden Sie da für oder gegen einen Beitritt zur EG stimmen?«

	N	dafür	dagegen	weiß nicht
GESAMT	1798	46	31	23
ALTER				
19–29	420	46	37	17
30–49	640	47	34	19
50–69	483	48	26	26
ab 70	255	42	23	35
BUNDESLAND				
Wien	382	49	31	20
Niederösterreich	340	44	30	26
Burgenland	62	55	16	30
Steiermark	273	43	32	25
Kärnten	128	41	32	28
Oberösterreich	300	51	29	20
Salzburg	111	48	38	15
Tirol	136	36	36	28
Vorarlberg	66	60	31	9

(Quelle: IFES, Jänner 1990)

das Meinungsbild nicht sehr eindeutig ist, gehen die Großkoalitionäre voran, leisten politische Führungsarbeit. Hier ist sie offenkundig noch heil, die elitäre Demokratie – SPÖ und ÖVP weisen den Weg in das große Europa.

Und was vor allem auffällt, das ist der Kontinuitätsbruch in der österreichischen Politik, in der politischen Interpretation der österreichischen Neutralität. Denn Jahrzehnte hindurch war die herrschende Meinung, daß die immerwährende Neutralität, die Österreich 1955 – ausdrücklich nach dem Vorbild der Schweiz – erklärt hatte, mit einer Vollmitgliedschaft Österreichs in der Europäischen Gemeinschaft unvereinbar sei *(Luif, Rotter).*

Diese Position war auch ein Produkt der elitären Demokratie – ÖVP und SPÖ hatten sich geeinigt, daß die österreichische Neutralität zwar eine Annäherung an die EWG, nicht jedoch einen Beitritt erlaubt; daß daher die notwendige Konsequenz Österreichs Beitritt zur 1960 ins Leben gerufenen Europäischen Freihandelszone (EFTA) sein soll.

Wie immer man zu dieser Begründung stehen mag – auffallend ist, daß trotz gleichbleibender Rechtsnatur sowohl der österreichischen Neutralität als auch der europäischen Integration in Form der EWG (später: EG) die Großparteien etwa ab Mitte der achtziger Jahre ihre Einstellung zu dem Problem änderten. Daß sie dabei auch auf Rechtsgutachten zurückgreifen konnten, ist wohl nur von sekundärer Bedeutung – denn rechtlich war ja die Problemstellung Ende der fünfziger Jahre durchaus dieselbe wie Ende der achtziger Jahre *(Hummer/Schweitzer).*

Warum hatten sich die politischen Eliten in Österreich anders besonnen, warum war nun die Mitgliedschaft Österreichs in der EG möglich, ja sogar wünschenswert, unbedingt erforderlich? Warum zog die Koalitionsregierung Vranitzky/Mock (Riegler) andere Schlußfolgerungen aus einem – auf den ersten Blick – identischen Sachverhalt als die Koalitionsregierung Raab/Pittermann? Warum fürchtet Österreich nun, in Neutralität zu verhungern, nachdem die Entwicklung seit 1960 gezeigt hat, wie wenig diese Sorge berechtigt ist? Warum bricht Österreich aus der gemeinsamen Politik der EFTA aus und eilt den anderen europäischen Neutralen, die mit viel größerer Gelassenheit dem ab 1993 funktionierenden EG-Binnenmarkt entgegensehen, so drastisch voraus?

Eine Antwort ist, daß die Situation in Österreich Ende der achtziger Jahre eben anders war als Ende der fünfziger Jahre. In den achtziger Jahren ist vieles passiert – auch und vor allem der »Fall Waldheim«; auch und vor allem der Zusammenbruch des Glau-

bens an den »Österreichischen Weg«, charakterisiert durch gemischte Wirtschaft, Sozialpartnerschaft und Vollbeschäftigung; auch und vor allem das rapide Abbröckeln der Ersatznationen und subsidiären Identitäten der Sozialdemokratie und der Kirche.
Die EG ist somit Fluchtziel österreichischer Ängste. Die EG bietet für eine solche Politik aus Angst viele Vorteile:

- Die EG ist das Bündnis westlicher Demokratien einschließlich der Länder mit der stärksten und bewährtesten demokratischen Tradition, mit den stärksten und bewährtesten zivilen Gesellschaften. Die EG ist nicht nur ein Wirtschaftsriese, sie ist auch – trotz der berechtigten Kritik an Demokratiemängeln der europäischen Strukturen – das Bündnis von Ländern, die durchaus als demokratische Vorbilder für Österreich gelten können.
- Die EG ist ein großer Bruder, der – zumindest auf den ersten Blick – nicht Deutschland heißt. Der Beitritt zur EG und die volle Teilnahme am EG-Binnenmarkt versprechen Österreich die Vermittlung von Stärke durch Anbindung, durch Abhängigkeit. Dieses Motiv verbindet die österreichische EG-Politik mit der (historischen) Anschlußpolitik. Anders als diese ist jedoch der österreichische Beitrittswunsch international voll respektabel – mit dem Ende des sowjetischen Europa-Imperialismus gibt es kaum internationale Stimmen von Gewicht, die gegen einen österreichischen EG-Beitritt erhoben werden. Österreich kann sich aus der (vermeintlichen) Schwäche des Kleinstaates in die (ebenso vermeintliche) Stärke eines großen Bruders flüchten, ohne international Konfliktkosten auf sich nehmen zu müssen.

Ist die EG nicht doch Deutschland? Ist nicht die Bundesrepublik Deutschland schon jetzt mit Abstand der wichtigste Wirtschaftspartner Österreichs? Wird nicht die österreichische Identität dann erst recht vom großen Bruder Deutschland beeinflußt?
Viele Befürworter eines österreichischen EG-Beitritts heben nicht nur den Nutzen hervor, der für die österreichische Demokratie durch eine Absicherung mittels der stabilen politischen Kultur Westeuropas entsteht. Viele sehen auch in der EG-Mitgliedschaft eine Relativierung vorhandener Abhängigkeiten *(Marboe).*

Für die um die österreichische Identität besorgten Vertreter dieser Richtung gibt es ein wichtiges Beispiel – die irische Identität gegenüber dem übermächtigen britischen Nachbarn. Tatsächlich hat Irland ökonomische Unabhängigkeit gewonnen – trotz oder wegen des EG-Beitritts der Republik Irland. Die fast ausschließlich auf Großbritannien ausgerichtete Wirtschaft Irlands ist nun, bald 20 Jahre nach dem irischen Beitritt, viel breiter gestreut. Allerdings: Irland und Großbritannien waren schon vor 1973 in einer Wirtschafts- und Zollgemeinschaft verbunden. Der Beitritt beider Staaten zur EG bedeutete daher eine Öffnung Irlands gegenüber allen EG-Staaten – in Ergänzung zur bereits vorhandenen wirtschaftlichen Öffnung gegenüber Großbritannien. Und hier endet die Analogie zum österreichisch-deutschen Verhältnis: Österreich ist jetzt schon wirtschaftlich von der Bundesrepublik Deutschland abhängig, ohne daß zwischen Österreich und Deutschland ein besonderer, einheitlicher Wirtschafts- und Zollraum bestünde. Im Falle eines österreichischen EG-Beitritts würde anders als im Fall des irischen Beitritts die Rolle des großen Bruders nicht von vornherein relativiert werden.
Für eine nüchterne Politik, die über die EG-Mitgliedschaft die Vorteile für Wirtschaft und politische Kultur Österreichs sucht, gibt es viele Argumente. Doch was heißt nüchtern? Wie nüchtern ist eine Politik, die Österreich als Vorreiter der anderen europäischen Neutralen und der EFTA stilisiert? Wie nüchtern ist eine Politik, die nicht oder kaum den Wechsel in der Interpretation österreichischer Neutralität zwischen 1960 und 1989 thematisiert? Wie nüchtern ist es, die Analogie der Motive für den »Anschluß« gestern und den EG-Beitritt morgen möglichst zu verwischen?
Die offizielle österreichische EG-Politik ist sehr stark eine Politik der Anlehnung. Österreich flüchtet, aus den Schwierigkeiten der achtziger Jahre, aus dem Zusammenbruch traditioneller (Ersatz-) Identitäten, in die Größe; als ob es ein historisch gerechtfertigtes Rezept wäre, auf Schwierigkeiten mit Wachstum, auf die konkret anstehenden Probleme mit der Suche nach dem Aufgehen im großen Bruder zu antworten.

Die österreichische Identität ist auch die Identität des Abstiegs – des Abstiegs von der einstigen Rolle eines Reiches zu der Rolle einer kleineren europäischen Demokratie. Österreich hat mit seiner Kleinheit offenkundig noch immer Probleme – jedenfalls mehr als Schweden oder die Schweiz. Österreich begreift seine Kleinheit im Zweifel noch immer eher als Belastung und Bestrafung – und nicht als Chance, als Vorteil. Deshalb ist Österreichs Reaktion auf die europäische Integration von einer nicht nur wirtschaftspolitisch erklärbaren Hastigkeit und Nervosität. Während Schweden und die Schweiz die europäische Entwicklung abwarten – sicherlich in der Erwartung, daß es mittelfristig einen auch diese beiden Länder umfassenden, einheitlichen europäischen Raum geben wird –, ist Österreich vorgeprescht. Österreich als Vorreiter – auf dem Weg des Sichaufgebens in einem großen Bruder?
Die anderen Staaten, die die EG ausmachen, haben – sieht man vom Sonderfall Belgien ab – ihre Beteiligung an der europäischen Integration von der gesicherten Basis nationaler Identität aus betrieben. Österreichs Beitrag zu Europa wäre es, aus einer gesicherten nationalen Identität heraus zu handeln – und sich nicht dem Verdacht auszusetzen, der Wunsch nach Europa wäre nur ein Fluchtmechanismus.

19. Small is beautiful

Kleinheit macht sich bezahlt. Es sind die kleinen Staaten in Europa, die die besten Wirtschaftsdaten aufweisen. Die Schweiz und die skandinavischen Staaten haben – Arbeitsplatzsicherheit, Pro-Kopf-Einkommen, Wirtschaftswachstum – seit Jahrzehnten die günstigste Entwicklung aller europäischer Staaten genommen. Das hängt mit ihrer – relativen – Kleinheit zusammen. Denn ihre Kleinheit zwingt diese Länder zu wirtschaftlicher Offenheit *(Katzenstein 1985, 81–87)*. Die Binnenmärkte dieser Staaten sind klein – um wirtschaftlichen Erfolg zu haben, sind diese Länder darauf angewiesen, zu exportieren; und zwar in einem Ausmaß, das von den Großen – relativ – bei weitem nicht erreicht werden muß und daher auch nicht erreicht wird. Gleichzeitig sind diese kleinen Staaten auch viel stärker, als dies für die durchschnittlichen größeren Länder gilt, von Importen abhängig. Beides bedeutet einen ständigen verstärkten Zwang zur wirtschaftlichen Flexibilität, zur wirtschaftlichen Innovation.

Es macht sich auch anders bezahlt, klein zu sein. Die kleineren europäischen Demokratien sind seit vielen Jahrzehnten – auch unter Berücksichtigung ihrer geringeren Einwohnerzahl – viel weniger durch politische Gewalt geprägt als die größeren. In den kleineren Staaten erfolgen politische Übergänge friedfertiger, sind politische Auseinandersetzungen für die Demokratie weniger bedrohlich, ist politische Berechenbarkeit eher gegeben als in größeren Staaten. Kleinheit begünstigt Kompromisse, begünstigt Stabilität *(Lijphart, 65–70)*. Das ist die Folge der Überschaubarkeit – um Entscheidungen herbeizuführen, die sowohl legitim als auch stabil sind, bedarf es der Beteiligung relativ weniger. Dazu kommt noch die relativ geringere Bedeutung von Außenpolitik – kleinere Staaten gelten, im Durchschnitt, für andere weniger oft als Bedrohung; kleinere Staaten wirken daher außenpolitisch weniger polarisierend.

Überhaupt, Außenpolitik: Die Außenpolitik in kleineren Staaten ist eher etwas, das verbindet – gerade die vier europäischen Neutralen sind dafür ein Beispiel. Der mangels Größe naheliegende Verzicht auf außenpolitische Vorreiterrollen fördert eine Außenpolitik, die die einzelnen Gruppierungen, die einzelnen Parteien nicht trennt, sondern verbindet.

Es zahlt sich aus, klein zu sein. Doch hat sich das in Österreich schon herumgesprochen? Leiden nicht viele, allzu viele noch unter dem Trauma des Verlustes der Größe? 1987 erklärten bei einer Repräsentativerhebung 18 Prozent, »es wäre ihnen lieber, daß Österreich eine Großmacht wäre wie vor 1918« *(Ulram, 222).* Nur 18 Prozent – oder immerhin 18 Prozent?

Die österreichische Kleinheit ist nicht selbst gewählt. Anders als in der Schweiz ist die (geringe) Größe des Landes nicht Ergebnis eines Zusammenschlusses kleiner Einheiten, sondern einer – außenpolitisch motivierten – Sezession aller anderen Teile eines großen Reiches. Österreich, das ist der Rest.

Eben das verbindet die Besonderheit der österreichischen Kleinheit mit der Besonderheit der österreichischen Identität. Beide sind das Ergebnis von »Desintegration und Reintegration«, aber auch von »Manipulation statt Partizipation« *(Gerlich, 238 f.).* Österreich, als politischer Raum und als politische Identität, das ist zunächst einmal das Resultat eines Auseinanderfallens – und Österreich ist, wiederum als Raum und als Identität, etwas von oben und von außen Aufgezwungenes.

Identität kann nicht nur auf die Frage des Nationalstaates reduziert werden. Identität ist unterhalb und oberhalb der staatlichen Ebene möglich. Unterhalb: Gerade Regionen, etwa Bundesländer, stiften Identität. Und oberhalb, jenseits des Staates – eine europäische Identität ist ebenso in Ansätzen vorhanden wie eine die Staatsgrenzen überschreitende, regionale Identität. Dazu kommt auch noch die Identität der Subnationen, etwa der Lager – eine Form von Identität, die in der österreichischen Vergangenheit entscheidend war.

Alle diese Formen führen immer wieder auf die Frage der Größe zurück – oder ausgedrückt, auf die Kleinheit. Kleinheit fördert Identität. Kleinheit erlaubt erst eine Identität, die nicht primär von

oben angeordnet, sondern von unten bestimmt ist. Kleinheit fördert politische Qualität *(Kohr).*
In der Nachbarschaft Österreichs gibt es ein Beispiel einer hochentwickelten, differenzierten Identität – das Beispiel der Schweiz. Die Schweiz hat, aus den kleinen Einheiten der Kantone heraus, eine spezifische Identität entwickelt. Und sie hat diese Identität zur Integration der verschiedensten, mit Sprengkraft ausgestatteten Konflikte eingesetzt – zur Überwindung des konfessionellen Gegensatzes ebenso wie zur Überwindung des Gegensatzes der Sprachgruppen.
Erstaunlich, wie wenig das Beispiel der Schweiz in Österreich diskutiert wird. Mit Ausnahme der Neutralität ist die Schweiz kaum je zentrales Vorbild der österreichischen Identitätssuche gewesen. In der Ersten Republik schwankte man zwischen Donaukonföderation, italienischem Weg und deutschem Weg – der Schweizer Weg kam und kam nicht in Mode.
Daran hat sich auch in der Zweiten Republik wenig geändert *(Koja/Stourzh, Thalberg).* Die Schweiz ist, für den politischen Alltag in Österreich, kaum ein Thema. In einem durchschnittlichen österreichischen Medium ist die Berichterstattung über die Politik im Freistaat Bayern sicherlich viel intensiver als die Berichterstattung über die Politik in der Schweiz. Die Schweiz ist so wenig spektakulär – sie hat keine »starken Männer«, ihre Demokratie ist durch eine kollektive Führung gekennzeichnet. In der Schweiz fehlt auch das Element der Abstiegsängste und der nostalgischen Sehnsüchte – die Amtssitze Schweizer Politiker sind nicht in Schlössern und Palästen, und das politische Zeremoniell der Eidgenossenschaft ist das wohl sparsamste Europas. Die Schweiz ist – politisch – bescheiden. Ist sie eben deshalb kaum Vorbild für die österreichische Identitätssuche?
Verschweizerung – das ist, selbstverständlich, keine Patentlösung. Denn »small« kann, gerade am Beispiel der Schweiz ist dies deutlich, auch »ugly« sein. Zur Kleinheit zählt auch die Möglichkeit der Provinzialität – der selbstgerechten Abschottung, des egoistischen Verteidigens von Privilegien. Die Schweizer Demokratie bie-

tet für die Spielart der häßlichen Kleinheit eine Reihe von Anhaltspunkten. Daß die direkte Demokratie der Schweiz die Durchsetzung des Frauenstimmrechtes jahrzehntelang aufgehalten hat, ist nur ein Beispiel. Daß die Rechtsstellung der Ausländer in der Schweiz zu den schlechtesten Europas zählt, ist ein weiteres. Beides deutet darauf hin, daß Kleinheit oft neuerungsfeindlich, daß Kleinheit oft minderheitsfeindlich ist.
Die Kleinheit der Schweiz geht auch Hand in Hand mit den besonderen Aspekten internationaler Wirtschaftskriminalität *(Ziegler).* Die Schweiz leistet sich, parallel zu ihrer Form von Demokratie und von Föderalismus, eben auch, Umschlagplatz kriminellen Geldes zu sein.
Das Beispiel der Schweiz zeigt auch, daß der »häßliche Österreicher« keineswegs deutschnational sein muß – er kann ebenso Repräsentant eines aggressiv-fremdenfeindlichen Österreich-Nationalismus sein *(Ulram, 221).* Auch diese Möglichkeit ist real – eine betonte Österreich-Identität, die sich gegen alles »Fremde« abgrenzt – und die zu diesem »Fremden« auch das Deutsche zählt.
Verschweizerung als Angebot, Kleinheit als Chance – das bedeutet eben nicht, die Schweiz unkritisch als Vorbild zu nehmen, Kleinheit nur als positive Möglichkeit zu sehen. Aber wenn mit Gesamtdeutschland, Mitteleuropa und Binnenmarkt Großräume die österreichische Identität als Rahmenbedingungen beeinflussen – warum dann nicht auch die Schweiz, das Nachbarland Österreichs mit der längsten demokratischen Kontinuität? Warum diese Flucht vor der Kleinheit?
Die Mythologie ist voll von Bildern, die geschichtsfeindlich sind. Lots Frau erstarrte zu Salz, weil sie sich umwandte, weil sie sich ihrer Geschichte stellte. Orpheus blickte zurück auf die Unterwelt – und verlor deshalb Eurydike. Zwei Beispiele dafür, daß uns der unkritische Blick nach vorne empfohlen wird; daß der kritische Blick zurück sanktioniert wird: Die Beschäftigung mit der Vergangenheit ist gefährlich.
Doch nur aus der Vergangenheit kann Zukunft entstehen – Zukunft ist fortgeschriebene Vergangenheit. Die Zukunft der österrei-

chischen Identität ist auch die Fortschreibung des Spannungsfeldes zwischen Größe und Kleinheit. Die Botschaft aus der Vergangenheit ist, sich endlich der Chancen dieses Wandels bewußt zu werden.

Psychohistorie ist der Versuch, Erkenntnisse der Psychoanalyse in die Geschichte einzuführen. Gerade in Österreich, dem Land, das Sigmund Freud hervorgebracht, vertrieben und verleugnet hat, ist der psychohistorische Ansatz von besonderem Interesse *(Loewenberg)*. Gerade in Österreich ist der Versuch, zum Verständnis der Geschichte die Erinnerung an das – zunächst – nicht oder nicht voll Bewußte zu provozieren, von großer Bedeutung. Das nicht oder nicht voll Bewußte – das ist vor allem der Zusammenhang zwischen Identität und verlorener Größe, Identität und Sehnsucht nach diesem Verlorenen, Verdrängung des Unausweichlichen, eben der Kleinheit.

Österreichs Identität erfordert, zunächst – wie Lots Frau, wie Orpheus – zurückzublicken. Erst der Rückblick ermöglicht den Vorausblick. Erst die Entzifferung der Vergangenheit hilft, die Zukunft zu gestalten.

Warum gibt es in Österreich keine Partei, keine nennenswerte Kraft, die die Verschweizerung des Landes auf ihre Fahnen geschrieben hat? Sicherlich nicht aus moralischen Überlegungen – denn die ethischen Werte der österreichischen politischen Kultur sind in vielen Fällen schlechter als die der Schweiz (Antisemitismus), in vielen Fällen nur wenig besser (Behandlung der Ausländer). Erst recht können es nicht materielle Überlegungen sein, die verhindern, daß die Verschweizerung Österreichs ein Thema österreichischer Politik ist. Denn die materielle Erfolgsbilanz der Schweiz ist der Österreichs noch immer signifikant überlegen. So ist es offenkundig die Kleinheit, ist es die selbstverständliche Hinnahme derselben, die Österreich an einer mehr als nur unverbindlichen Würdigung des Schweizer Vorbildes hindern.

Österreich ist im Wandel, die österreichische Identität wandelt sich. Österreich ist dabei, zu einer mobilen Bildungsgesellschaft zu werden. Bildung aber politisiert – deshalb werden die Konturen

neuer österreichischer Identität nicht, wie oft beklagt, vom »unpolitischen« Typus, sondern vom politisierten Typus des Österreichers geprägt *(Inglehart, 428).*
Österreich ist im Wandel, die österreichische Identität wandelt sich. Die österreichische Gesellschaft wird immer mehr eine zivile, und das heißt auch eine säkularisierte. Die spezifisch katholischen Konturen, die katholische Hegemonie nehmen an Bedeutung ab. Das bedeutet, beispielsweise, einen zusätzlich fördernden Effekt für die politischen Aktivitäten von Frauen – katholische Hegemonie war und ist in Europa, im Vergleich mit protestantischer Hegemonie, frauendiskriminierend *(Inglehart, 72).*
Österreich ist im Wandel, die österreichische Identität wandelt sich. Die subnationalen Identitäten, die in der Vergangenheit am stärksten Österreich geprägt haben – die klassenspezifischen und die konfessionsspezifischen Identitäten der großen Lager –, sind dabei, sich aufzulösen. Um so wichtiger, um so zentraler ist daher die Frage nach der nationalen Identität. Und diese Frage ist niemals auf Dauer beantwortet – sie wird immer neu gestellt.
Das, was Österreich ausmacht, was die österreichische Identität ist, wird nicht mehr von außen und auch nicht mehr von oben bestimmt werden können. Mit dem Ende des kalten Krieges ist das Interesse der Großmächte an Österreich gering geworden. Und Kirche sowie Sozialdemokratie haben ihre historische Schuldigkeit getan – sie können nichts Entscheidendes mehr zur österreichischen Identitätssuche beitragen.
Den traditionellen Eliten fehlt die Kraft zur Bestimmung der österreichischen Identität – und den Großmächten fehlt das Interesse. Dieses Vakuum ist die Stunde der österreichischen Demokratie. Es liegt an den Menschen in diesem Land, und nur an ihnen, ihr Selbstverständnis festzulegen; und Vergangenheit und Zukunft ihres Landes zu bestimmen. Denn es ist nun – endlich – wirklich ihr Land.
Österreich ist das Land ohne – erfolgreiche – Revolution. Dem kann nun abgeholfen werden – durch eine demokratische österreichische Evolution.

Literatur

Amerongen, Markus van: Kreisky und seine unbewältigte Vergangenheit. Graz 1977

Barnes, Samuel H., Max Kaase et al. (eds.): Political Action. Mass Participation in five Western Democracies. Beverly Hills 1979

Bauer, Franz: Leopold Kunschak als Politiker. Von seinen Anfängen bis zum Jahre 1934. Dissertation, Phil. Fakultät, Univ. Wien, 1950

Bailer-Galanda, Brigitte: Die Neue Rechte. Jörg Haider – ein Politiker der neuen oder der ganz alten Art? Wien o. J.

Berchtold, Klaus: Österreichische Parteiprogramme 1886–1966. Wien 1967

Blenk, Gustav: Leopold Kunschak und seine Zeit. Porträt eines christlichen Arbeiterführers. Wien 1966

Bluhm, William T.: Building an Austrian Nation. The Political Integration of a Western State. New Haven 1973

Born, Hanspeter: Für die Richtigkeit Kurt Waldheim. München 1987

Botz, Gerhard: Krisenzonen einer Demokratie. Gewalt, Streik und Konfliktunterdrückung in Österreich seit 1918. Frankfurt a. M. 1987

Boyer, John W.: Political Radicalism in Late Imperial Vienna. Origins of the Christian Social Movement 1848–1897. Chicago 1981

Brix, Emil: Vom über Nation und Staat Hinausdenken. Dialog. Beiträge zur Friedensforschung 15/2, Juli 1989, 51–58

Bronner, Oscar: Die Richter sind unter uns. Forum, 1. Sonderheft, Herbst 1965. Sowie: Die Richter bleiben unter uns. Forum XII/143, 491–494

Bruckmüller, Ernst: Nation Österreich. Sozialhistorische Aspekte ihrer Entwicklung. Wien 1984

Busek, Erhard: Besinnung auf Mitteleuropa. Europäische Rundschau 2/ 1985, 3–12

Cap, Josef: Sozialdemokratie im Wandel. Wien 1989

Cohen, Bernhard, Luc Rosenzweig: Der Waldheimkomplex. Wien 1987

Day, Alan J., Henry W. Degenhardt (eds.): Political Parties of the World. Burnt Mill 1984

Deiser, Roland, Norbert Winkler: Das politische Handeln der Österreicher. Wien 1982

Dittrich, Karl, Lars Norby Johansen: Voting Turnout in Europe, 1945–1978: Myth and Realities. In: Hans Daalder, Peter Mair (eds.): Western European Party Systems. Continuity and Change. Beverly Hills 1985

Eingriffe: Informationen der AG Kritische Medizin und des AK Kritische Medizin-Innsbruck. 1./2. Quartal 1980

Elias, Norbert: Engagement und Distanzierung. Arbeiten zur Wissenssoziologie I. Frankfurt am Main 1987

Erdmann, Karl Dietrich: Die Spur Österreichs in der deutschen Geschichte. Drei Staaten, zwei Nationen, ein Volk? Zürich 1979

Fischer, Heinz (Hg.): Einer im Vordergrund. Taras Borodajkewycz. Eine Dokumentation. Wien 1966

Freud, Alexander: Brief vom 15. April, unveröffentlicht. Die Kenntnis dieses Briefes verdanke ich Erika Wantoch, die mit einer umfangreichen Forschungsarbeit über Sigmund Freud beschäftigt ist.

Gerlich, Peter: Nationalbewußtsein und nationale Identität in Österreich. In: Pelinka, Plasser 235–269

Görlich, Ernst Joseph, Felix Romanik: Geschichte Österreichs. 2., erweiterte Auflage. Innsbruck 1977

Gorz, André: Kritik der ökonomischen Vernunft. Sinnfragen am Ende der Arbeitsgesellschaft. Berlin 1989

Hamann, Brigitte: Rudolf. Kronprinz und Rebell. Wien 1978

Hauer, Nadine: Auswirkungen gesellschaftlicher Tabus auf die Nachfolgegenerationen am Beispiel des Nationalsozialismus. (Arbeitstitel: Schulddramatisierung der NS-Nachfolgegenerationen). Forschungsbericht. Wien 1990 (Fonds zur Förderung der wissenschaftlichen Forschung)

Heer, Friedrich: Der Kampf um die österreichische Identität. Wien 1981

Herzstein, Robert Edwin: Waldheim. The Missing Years. New York 1988

Hindels, Josef: Unveröffentlichte Memoiren. Das unveröffentlichte Manuskript liegt im Dokumentationsarchiv des Österreichischen Widerstandes. Ich verdanke die Information darüber Wolfgang Neugebauer.

Hummer, Waldemar, Michael Schweitzer: Österreich und die EWG. Wien 1987

Inglehart, Ronald: Kultureller Umbruch. Wertwandel in der westlichen Welt. Frankfurt a. M. 1989

Katzenstein, Peter J.: Disjoined Partners. Austria and Germany since 1815. Berkeley 1976

Katzenstein, Peter J.: Small States in World Markets. Industrial Policy in Europe. Ithaca 1985
Kennedy, Paul: The Rise and Fall of the Great Powers. London 1988
Kerekes, Lajos: Abenddämmerung einer Demokratie. Mussolini, Gömbös und die Heimwehr. Wien 1966
Khol, Andreas, Theodor Faulhaber, Günther Ofner (Hg.): Die Kampagne. Kurt Waldheim – Opfer oder Täter? München 1987
Klaus, Josef: Macht und Ohnmacht in Österreich. Konfrontationen und Versuche. Wien 1971
Klenner, Fritz: Eine Renaissance Mitteleuropas. Die Nationwerdung Österreichs. Wien 1978
Knight, Robert: »Ich bin dafür, die Sache in die Länge zu ziehen.« Die Wortprotokolle der österreichischen Bundesregierung von 1945 bis 1952 über die Entschädigung der Juden. Frankfurt a. M. 1988
Kohr, Leopold: Die »Überentwickelten« oder die Gefahr der Größe. Düsseldorf 1962
Koja, Friedrich, Gerhard Stourzh (Hg.): Schweiz – Österreich. Ähnlichkeiten und Kontraste. Wien 1986
Konrad, Helmut: Nationalismus und Internationalismus. Die österreichische Arbeiterbewegung vor dem Ersten Weltkrieg. Wien 1976
Kramer, Helmut et al.: Österreich im internationalen System. Wien 1983
Kreissler, Felix: Der Österreicher und seine Nation. Ein Lernprozeß mit Hindernissen. Wien 1984
Kunschak, Leopold: 45 Jahre Christlichsozialer Arbeiterverein. Wien 1937. Zitiert nach Anton Pelinka: Stand oder Klasse: Die Christliche Arbeiterbewegung Österreichs 1933–1938. Wien 1971, 222–226
Lane, Jan-Erik, Svantes O. Ersson: Politics and Society in Western Europe. London 1987
Lijphart, Arend: Democracy in Plural Societies. A Comparative Exploration. New Haven 1977
Loewenberg, Peter: Decoding The Past. The Psychohistorical Approach. New York 1983
Loewenstein, Karl: Verfassungslehre. 3. Auflage. Tübingen 1975
Luif, Paul: Neutrale in die EG? Wien 1988
Marboe, Peter: Österreich und Europa. Bericht der Europakommission der ÖVP. Wien 1988 (Bundesparteileitung der ÖVP)
Markovits, Andrei S.: Empire and Province. In: Andrei S. Markovits,

Frank E. Sysyn (eds.): Nationbuilding and the Politics of Nationalism. Essays on Austrian Galicia. Cambridge, Mass. 1982, 1–16

Natter, Bernhard: Die »Bürger« versus die »Mächtigen« – Populistischer Protest an den Beispielen Zwentendorf und Hainburg. In: Anton Pelinka (Hg.): Populismus in Österreich. Wien 1987

Nick, Rainer, Anton Pelinka: Parlamentarismus in Österreich. Wien 1984

Nowotny, Thomas: Bleibende Werte, verblichene Dogmen. Die Zukunft der Sozialdemokratie. Wien 1985

Oberlandesgericht Wien: Urteil vom 30. März 1981 in der Strafsache gegen Dr. Werner Vogt

Österreichischer Arbeiterkammertag: Wirtschafts- und Sozialstatistisches Taschenbuch 1990. Wien 1990

Palumbo, Michael: The Waldheim Files. Myth and Reality. London 1988

Parkinson, F. (ed.): Conquering the Past. Austrian Nazism Yesterday and Today. Detroit 1989

Pelinka, Anton, Fritz Plasser (Hg.): Das österreichische Parteiensystem. Wien 1988

Pelinka, Anton: Windstille. Klagen über Österreich. Wien 1985

Pelinka, Anton: Karl Renner zur Einführung. Hamburg 1989

Plasser, Fritz: Parteien unter Streß. Wien 1987

Pulzer, Peter: The Rise of Political Anti-Semitism in Germany and Austria. Revised edition. London 1988

Rabinbach, Anson: The Crisis of Austrian Socialism. From Red Vienna to Civil War 1927–1934. Chicago 1983

Renner, Karl: Marxismus, Krieg und Internationale. Kritische Studien über offene Probleme des wissenschaftlichen und des praktischen Sozialismus nach dem Weltkrieg. Stuttgart 1917

Renner, Karl (Hg.): Die Gründung der Republik Deutschösterreich, der Anschluß und die Sudetendeutschen. Dokumente eines Kampfes ums Recht. Wien 1938 (gesetzt, aber nicht gedruckt – Exemplar Dokumentationsarchiv des Österreichischen Widerstandes)

Renner, Karl: Reden. Für Recht und Frieden. Eine Auswahl der Reden des Bundespräsidenten Dr. Karl Renner, herausgegeben von der Österreichischen Bundesregierung. Wien 1950

Reiterer, Albert F. (Hg.): Nation und Nationalbewußtsein in Österreich. Ergebnisse einer empirischen Untersuchung. Wien 1988

Ringel, Erwin, Alfred Kirchmayr: Religionsverlust durch religiöse Erziehung. Tiefenpsychologische Ursachen und Folgerungen. Wien 1986

Rotter, Manfred: Mitgliedschaft, Assoziation, EFTA-Verbund. Die Optionen der österreichischen EG-Politik. In: Österreichische Zeitschrift für Politikwissenschaft, 3/1989

Schulheft: Gespräch/Diskussion vom 21. Juni 1990 zwischen Gerhard Bisovsky, Anton Hajek, Michael Sertl. Manuskript, Grundlage für eine spätere veröffentlichte Analyse

Schuschnigg, Kurt: Dreimal Österreich. Wien 1937

Shell, Kurt: Jenseits der Klassen? Österreichs Sozialdemokratie seit 1934. Wien 1969

Stadler, Karl. R.: Adolf Schärf. Mensch – Politiker – Staatsmann. Wien 1982

Stamprech, Franz: Leopold Kunschak. Porträt eines Christlichen Arbeiterführers. Wien 1953

Steger, Gerhard: Der Brückenschlag. Katholische Kirche und Sozialdemokratie in Österreich. Wien 1982

Thalberg, Hans (Hg.): Österreich – Schweiz: Nachbarn, Konkurrenten, Partner. Wien 1988

Ulram, Peter A.: Hegemonie und Erosion. Politische Kultur und politischer Wandel in Österreich. Wien 1990

Unsere Ehre heißt Treue: Kriegstagebuch des Kommandostabes Reichsführer SS. Tätigkeitsberichte der 1. und 2. SS-Inf.-Brigade, der 1. SS-Kav.-Brigade und von Sonderkommandos der SS. Wien 1965

Welan, Manfried: Der Verfassungsgerichtshof – eine Nebenregierung. In: Heinz Fischer (Hg.): Das politische System Österreichs. 2. Auflage. Wien 1977

Winter, Ernst Karl: Ignaz Seipel als dialektisches Problem. Ein Beitrag zur Scholastikforschung. Wien 1966

Zerbs, Hans: Vervielfältigtes Manuskript zum »Fall Kupferblum«, 3 Bände. Die Übermittlung dieses Manuskriptes verdanke ich Frau Kupferblum

Ziegler, Jean: Die Schweiz wäscht weißer. Die Finanzdrehscheibe des internationalen Verbrechens. München 1990